田得梅

择一事终一生

干一行专一行

“大国工匠人物传”丛书

# 田得梅

## 白鹤滩上的天车玫瑰

丁一鹤◎著

中国工人出版社

**图书在版编目（CIP）数据**

田得梅：白鹤滩上的天车玫瑰 / 丁一鹤著. 北京：中国工人出版社，2025. 3. -- ISBN 978-7-5008-8719-5

Ⅰ. I25

中国国家版本馆CIP数据核字第2025NM0956号

田得梅：白鹤滩上的天车玫瑰

---

**出 版 人**　董　宽
**责任编辑**　葛忠雨
**责任校对**　张　彦
**责任印制**　黄　丽
**出版发行**　中国工人出版社
**地　　址**　北京市东城区鼓楼外大街45号　邮编：100120
**网　　址**　http://www.wp-china.com
**电　　话**　（010）62005043（总编室）
（010）62005039（印制管理中心）
（010）62379038（社科文艺分社）
**发行热线**　（010）82029051　62383056
**经　　销**　各地书店
**印　　刷**　三河市万龙印装有限公司
**开　　本**　880毫米×1230毫米　1/32
**印　　张**　5.75
**字　　数**　97千字
**版　　次**　2025年6月第1版　2025年6月第1次印刷
**定　　价**　49.00元

---

# 国之大者，工匠先行

## ——“大国工匠人物传”丛书总序

在中华全国总工会成立100周年之际，全国总工会宣传教育部、中国报告文学学会、中国工人出版社联合开展了“文艺工作者走基层”活动，推出“大国工匠人物传”丛书，向全国总工会献礼，向广大劳动者致敬！

“知者创物，巧者述之守之，世谓之工。百工之事，皆圣人之作也。”这是中国所见年代最早的关于手工业技术文献《考工记》中对工匠的记载。“工”之责在于造物，“匠”者为能工鼎识者也。

幼时，老家云南昆明大板桥的老街上，从南头到北头，都是大大小小的手艺人，木匠、石匠、焗匠、骟匠、竹篾匠、鞋匠、箍桶匠……空气中飘荡着木匠的刨花香和石匠敲打出来的粉尘，充满着焗匠手中皮带的“吱扭扭”声、骟匠刀下小猪猡的闷哼、箍桶匠皮锤不轻不重的敲击声。老街上的竹篾匠是我的一个表姨夫，他来自四川，有着一手出神入化的编造竹篾手艺。粗壮的毛竹是表姨夫手中的“百万雄兵”，在一把锋利无比的刀的指挥下，被劈成厚薄、粗细不一的篾。表姨夫的本领仅次于撒豆成兵的天神，他能化篾成物，一般家里能见到、用到的器物，他都能用竹篾编出来。母亲曾命我在老街上买一个暖水瓶的内胆，然后去表姨夫的摊位上，坐等他为暖水瓶胆编制一件竹制的外壳。那个暖水瓶至今还在我家老屋的一个角落里。竹篾壳早已被岁月包了浆，虽然久不使用，却依然油润、红亮。这便是我幼时对匠人的记忆。

五千多年的中华历史长河中，涌现出了无数能工巧匠，他们或如明月光照，或如星河璀璨。一代代薪火相传的工匠精神，不仅成就了那些流芳百世的绝世建筑与器物，更是烛照我们通向文明现代化进程的精神之光，是我们文化的自信心、民族的根与魂。

从“嫦娥”探月到“祝融”探火，从“北斗”组网到“蛟龙”深潜，从港珠澳大桥横跨三地到大兴国际机场凤凰腾飞……这些挺起中华民族脊梁的大国重器、世纪工程背后，无不凝聚着万千工匠的心血和汗水，映照着工匠们孜孜以求、拼搏奋进的身影。

本套丛书收录的是全国总工会历年评选出的大国工匠

的人物传记。他们当中有焊接高铁的“工人院士”李万君、打破国外高端设备维修垄断的王树军、让中国锻件立于世界之巅的刘伯鸣、“人刀合一”的顶级钳工李凯军、在高空“穿针引线”的竺士杰、油田里的创新能手刘丽、了不起的“钢铁裁缝”艾爱国、数控机床上的“雕刻师”孟维、让三星堆文物“活”起来的郭汉中……他们有的是传统加工业的锻造者，为了突破技术瓶颈精益求精；有的是新兴制造业的探路者，为了实现精密制造巧思妙想；有的是军工行业的铸剑者，为了打造国之重器默默坚守；有的是民间手工艺的守护者，为了传承非遗文化精雕细琢……他们奋战在国防军工、装备制造、传统工艺等行业的第一线，以久久为功的钻研和创新，造就了一个个传奇。

这些杰出的工匠，尽管行业不同、岗位不一，成长经历各异，但他们都有着爱党爱国、敬业奉献、创新争先的优秀品质。他们耐得住清贫与寂寞，用灵巧的双手和精湛的技艺，数十年如一日地在平凡的岗位上雕琢自己心中的梦想，以实际行动诠释着“执着专注、精益求精、一丝不苟、追求卓越”的工匠精神。“天下大事，必作于细。”工匠精神既是中华民族技艺世代传承的价值理念，又是中国开启新征程，从制造业大国迈向制造业强国的时代需要。

“大国工匠是我们中华民族大厦的基石、栋梁。”2024年3月5日，习近平总书记参加十四届全国人大二次会议江苏代表团审议时强调“树立工匠精神”，指出“没有金刚钻，揽不了瓷器活”，要“把第一线的大国工匠一批一批培养出来”。党的十八大以来，习近平总书记对建设高素质劳动大军高度重视，强调“当代工人不仅要有力量，还要有智慧、有技术，能发明、会创新，以实际行动奏响时代主旋律”，深刻阐述工匠精神“执着专注、精益求精、一丝不苟、追求卓越”的内涵要义，号召全社会弘扬工匠精神，“为全面建设社会主义现代化国家、实现中华民族伟大复兴的中国梦提供有力人才和技能支撑”。

“匠心聚，百业兴。”无论是传统产业，还是新兴产业、未来产业，大国工匠在发展新质生产力的历史进程中不可或缺。随着经济发展方式转型和产业结构升级，中国要实现由制造大国向制造强国的转变，实现由中国制造向中国创造的跨越，离不开广大劳动者的创新和创造，更离不开对工匠精神的继承和发扬，于是呼唤更多大国工匠成为时代强音。

文艺是时代进步的号角，最能代表一个时代的风貌，最能引领一个时代的风气。中国报告文学学会、中国工人出版社联袂推出“大国工匠人物传”丛书，以图书的形式为大国工匠树碑立传，让他们的故事和精神具有更广泛的交流传播价值和长久的史料价值。本套丛书的写作者奔赴大国工匠生活的城市，深入大国工匠工作的厂区、车间、工作室，获取了全面细致的第一手材料，最终将大国工匠的成长、成才故事呈现在读者面前。

“大国工匠人物传”丛书讲述的是个人奋斗史，也描绘出大国工匠的群体形象。可以说，这套丛书是目前国内系统研究众多大国工匠人生轨迹的权威读本，既有对每位大国工匠的整体介绍和事迹梳理，又有具体的事件、案例，全面、生动地展示了大国工匠各个人生时期的工作和生活状态。

新时代是奋斗者的时代，中国式现代化建设新征程这一宏伟事业为广大工匠技能人才成就梦想提供了广阔舞台。每位劳动者都是主角，都可以成为工匠精神的践行者。大国工匠是新时代的最美奋斗者，更是和平年代当之无愧的英雄。

国之大者，工匠先行，向着中华民族伟大复兴的目标砥砺奋进，行稳致远。

是以为序。

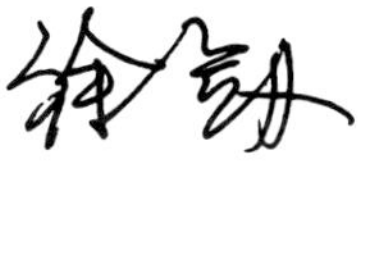

# 目 录

# 引子 我们向田得梅学习什么

习近平主席在 2022 年的新年贺词中说："中国空间站遨游苍穹天宫梦圆，福建号下水驶向万里海疆，C919 自由翱翔朗朗蓝天，白鹤滩水电站开始闪送清洁能源……在 2022 年的日历上，一件件大国重器留下浓墨重彩的印记，一项项发展成就镌刻在民族复兴的史册上。"

在这之前，白鹤滩水电站早已通过各种媒体进入我们的视野。鲜为人知的是，与白鹤滩一同载入史册的，还有一位白鹤滩的普通建设者田得梅。

在习近平主席的新年贺词中，人们读出一个团结奋斗的中国，一个开拓创新的中国。2003 年 2 月 28 日晚，2022 年“大国工匠年度人物”在南京揭晓，中央电视台进行了全国直播。

电视主持人在介绍大国工匠时说：“在白鹤滩发电机组安装过程中，最引人注目的就是一号机的转子，直径 16.198 米，最大高度 3.826 米，要想把这个庞然大物精准吊入坑位内，难度可想而知。此次吊装，转子与定子之间的最大间隙仅 51 毫米，操作必须一次成功。2100 吨，已超过单个桥机的承重上限，需要两个桥机并机操作。转子入机坑后的微调，误差必须控制在分毫之间，这对操作司机来说也是最为艰难的时刻……”

在介绍短片中，一组组观众似懂非懂的数据，一个个观众陌生又宏大的场景，还有大屏幕上那个身材瘦弱的天车女司机那精湛的吊装技术，都给观众留下了深刻印象。

主持人介绍的这位大国工匠，就是田得梅。

在 2022 年“大国工匠年度人物”中，田得梅是 10 位大国工匠中唯一的女性。

从 2018 年起，全国总工会与中央广播电视总台联合举办大国工匠表彰活动。每年发布的“大国工匠年度人物”，

田得梅操作天车进行转子吊装

绝大多是来自国防军工、装备制造、建筑、通信等行业的顶尖技术技能人才。

但获得本届大国工匠荣誉的田得梅，并不是高精尖的技术人才，只是一个普通的天车女司机。

田得梅出生在青藏高原互助县的一户农家。她从小学习并不出色。2005 年 8 月，只有 15 岁的田得梅为了能学一门养家糊口的手艺，到水电四局的技校读书。两年后，即 2007 年，田得梅来到水电建设一线工作，到今天已工作了 18 年。

而且 18 年来，田得梅只干了天车司机这一份工作。

田得梅是中国水利水电建设系统第一位大国工匠，也是青海省第一位。我们当然可以评价说田得梅专一、专注。但谁能想到，在获得大国工匠这个巨大荣誉之前，她这个天车班长还不是我们所理解的那种正式工，而是一个项目签一个工作合同的普通的劳动者。甚至说她是临时工，都不为过。

在 18 年的工作中，田得梅获得的不仅仅是荣誉，还有严重的椎间盘突出和彻夜难眠的严重失眠。这都是天车司机的职业病。

直到获得大国工匠称号之后，随着企业用工制度的改

田得梅（中）在“2022 年大国工匠年度人物发布仪式”上

革，田得梅和很多同事才一起转为我们多数人所理解的那种有“五险一金”等各种保障的正式工。

今天，大多数30多岁的人，还没有当典型的心理准备，也很少有人会祈望自己在这个时候就成为某个方面的全国典型模范。

33岁，这个年龄离我们普通人很近，离典型的距离太遥远。

我们普通人如何在这个世界上生存？怎么活成自己的样子？回答这些，才是田得梅作为典型的新意。

出身农村家庭，学习成绩并不好，为了一份生计上了技校，十几年工作在深山老林中，在矿洞里过着见不到太阳甚至说暗无天日的日子。田得梅的人生像极了我们绝大多数的普通劳动者。

那么，我们就必须通过田得梅的故事来回答一个问题：田得梅为什么能凌寒傲雪，活出人生的精彩？

同时，我们还要通过这本书，回答一个核心问题：我们向田得梅学习什么？

# 第一章 寒梅向阳而生

## 爷爷的老牛

刚刚四十出头的青海农民田有宝，在自家的牛槽前对着埋头吃草的老牛唉声叹气。

这是 2005 年 6 月，在毗邻青海省会西宁市的互助土族自治县，漫山遍野的油菜花次第开放。田野里新播种的麦苗开始由嫩黄变得深青。青海高原迟到的春天开始萌动了。

田有宝对着老牛叹气的牛槽，就在青海省海东市互助土族自治县塘川镇上山城村。

前两天，读高二的大儿子田得联和读初三的二女儿田得梅，同时向他抛出一个要命的难题：辍学。

此时，大儿子 17 岁，二女儿 15 岁。田有宝还指望这

小时候的田得梅（左一）与家人的合影

两个娃娃能考上大学，像他们的大伯一样进城，哪怕混不上个一官半职，能在城里生活也总比在苦哈哈的农村强百倍啊。

可这两个娃娃的话说得斩钉截铁："回家种地，或者到西宁城里打工，哪怕端盘子、扫大街都行。"

两个孩子突然不去上学了，这让农民田有宝顿时没了指望。可这两个孩子似乎商议好了，他们的统一口径是：小妹妹田得兰学习更好一些。两人都上高中家里供不起了，他俩准备辍学打工，集中力量供养妹妹上学。

这个家再苦再难，怎么也得集中财力供出一个大学生来。不然，这个家哪有出头之日？

田有宝之前听老师说过，儿子田得联的学习成绩排名靠前，要是能读完高中，考上大学是有可能的。可是，家里两个娃娃竟然在暑假来临前填报志愿时，异口同声地说，坚决不上学了。

这两个娃娃为什么突然之间变得这么坚决呢？田有宝当然知道其中的部分原因，这个贫困的家庭根本供不起三个孩子同时读书。

这两个孩子越懂事儿，田有宝心里越疼。毕竟，家庭负担再多再重，也不能让这两个没长大的娃娃来扛啊。

田有宝这才想起，这几天儿子田得联突然不去学校了。而他一边忙地里的活儿，一边琢磨着去附近的村里贩卖几头猪崽，给两个孩子筹集点下个学期的学费，也没顾得上问儿子原因。

直到田得联的班主任赶来家访，田有宝才知道儿子想辍学，去西宁市里头打工供养两个妹妹。

田有宝这个小家共有五口人，夫妻二人、一个儿子、两个女儿。他们夫妻二人除了靠在地里刨食，就是外出打点零工，偶尔在这样的春天里到别的村里贩卖几头猪崽，赚点小钱维持生活。一年忙到头，算下来收入也不过万儿八千。要是三个孩子都上学，连学费都拿不出来。

班主任好说歹说，田有宝急得跳脚，最后才把田得联劝回了学校。可没过多久，田得联又跑回家来，死活不去学校了。

火上浇油的是，二女儿田得梅见哥哥不去上学，这个女娃娃的倔劲儿也上来了："你不上我也不上了，咱俩一起打工去！"

田有宝最头疼的就是这个二姑娘。平时看着嘻嘻哈哈有说有笑，跟着男孩子上墙爬屋，可这个性格开朗的女孩子遇到事儿就犯轴，几头牛都拉不回来。

两个孩子同时闹辍学，这可难坏了田有宝。跟孩子说不通，他只好跟家里的老牛诉说自己的难处了：“孩子上学，你告诉我个办法吧，总不能把你卖了换学费吧？”

田有宝的几亩薄田里没有宝，家里也只有这头已经很老的牛，算是这个贫寒家庭里的宝了。

“怎么不能？砸锅卖铁也得供孩子上学。你要是说话不管用，我托人捎信把你大哥叫回来。”田有宝身后，老父亲的话掷地有声。

## 大伯拍了板

田有宝的大哥叫田有龙，是他们老田家唯一一个进城吃公家饭的人。此时，他正担任青海省互助县财政局局长，是老田家的顶梁柱。

田有龙接到老父亲的口信，还以为家里出了什么大事，心急火燎地回到村里，才知道是侄子侄女闹辍学。

看着老父亲和弟弟田有宝愁眉苦脸的样子，田有龙轻描淡写地说：“你俩不用管了，等俩孩子回来，这事儿我来办，保证办明白。”

把两个孩子叫到一起，田有龙主持召开了家庭会议，他当着两个孩子的面，对父亲和弟弟说：“第一，辍学不行，咱们老田家的孩子不能当睁眼瞎。第二，出去打工也不行，孩子年龄太小，出去不安全，就是将来长大点去打工，怎么着也得有个吃饭的手艺才行。我看这么着吧，老大得联是个男娃，不怕吃苦，上个石油技校，毕业了去挖石油。老二得梅才 15 岁，上两年水利技校学点手艺，毕业了怎么也能有个活儿干，总比在家里种地和出去打工强。不管怎么发展，缺了石油和电肯定玩不转，干这两个行业肯定能吃饱饭。别看得梅学习成绩差，动手能力却很强，上技校就是扬长避短。我们不能好高骛远，逼孩子考大学，但怎么也要让他们学好生存的本领。”

田有龙在互助县工作近三十年，当着财政局局长，是县里有头有脸的人物；回到家里又是长子，自然拥有这个家族说一不二的话语权。

听田有龙拍了板，老父亲和弟弟田有宝连连点头随声附和，侄子侄女也不敢提反驳意见。

当然，两个十五六岁的孩子，也提不出什么反对意见。

田有龙当然不会想到，这次拍板是他给家族和孩子指引的正确方向。因为，田有龙这一板儿，拍出了十几年后青海第一位大国工匠。

田有龙见一家人都不吱声，又把道理掰开揉碎了解释

长大一点的田得梅（右一）与家人合影

说："咱们家在农村，没人脉没能力，孩子的学习成绩又不怎么样，那怎么办呢？就得先考虑生存。只能在我们力所能及的范围内，根据孩子自己的能力，学一门养家糊口的手艺，找一份能够过得好一点的工作。要是这个手艺是孩子喜欢的，那就最好；要是不喜欢，也要硬着头皮习惯起来，养成习惯就慢慢会喜欢了，不然，这一辈子都不会活得痛快。咱们农家的孩子就是一棵草，要想活得好，人生第一步就要向着有光的地方走。什么是咱们老百姓家孩子的光？就是实实在在端在手里的饭碗，只有吃饱饭，才有资格谈理想谈未来。”

田有龙的这番话，把孩子拉回到家庭的现实中。可拍板归拍板，意见归意见，现实还是摆在面前。两个孩子上技校也得花钱，学费是个大头儿。

讨论到这里，田有龙斩钉截铁地说：“既然是我拍的板，孩子的学费和生活费我出。”

老父亲不忍，小声但坚定地说：“你在县城还有一大家子人呢，就你那点工资都不大够。你当财政局局长，管的是公家的钱，咱可不能为了两个孩子的未来犯错误。学费的事情，我跟你弟弟想办法。孩子上什么学，我们种地的不懂，你帮着找学校就行。”

田有龙没有说什么，毕竟老父亲说得也有道理，自己在县城的家也靠那点微薄的工资撑着呢，但他还是转身安慰弟弟说：“有宝，你不用担心，两个孩子上学的生活费，我出得起。你攒着点钱，把尕娃供出来，一定让尕娃上大学。”

田有宝低着头没说话，两个孩子也低着头不说话。

见孩子上学的事情说完了，田有龙起身说：“就这么着吧，我还得赶着回县里。等回去我打听好了，就让俩孩子报考各自的学校。”

## 咱得活自己

有田有龙拍板指引方向，三个孩子后来果然各自如愿。

老大田得联 2005 年考入青海石油管理局技工学校。毕业后，在大西北的荒漠戈壁上当了一名懂技术的采油工。经过十几年的磨砺，慢慢地熬成了技术员、工程师。

小侄女田得兰后来也如愿地考上大学，毕业后成为青海省西宁市红十字医院乳腺科医生。

而老二田得梅在大伯的指引下，报考了青海水电高级技工学校。现在这所以大国工匠田得梅为荣的技工学校，已经改名为青海水电技师学院。

当年两个孩子同时上技校，一年学费需要 7000 元。按照当初的约定，田得梅的爷爷一咬牙一跺脚，卖掉了家里唯一的那头老牛，终于凑够了学费。

2005 年 9 月，大伯田有龙开车拉着侄子侄女来到青海省会西宁市，先把 17 岁的侄子送到青海石油管理局技工学校报到，办完手续后又给侄子留下 50 元钱当作生活费。

接着，田有龙又带着15岁的田得梅来到青海水电高级技工学校报到。

田得梅长到15岁，连互助县城都没去过几回。第一次走出乡村来到西宁，她很兴奋，也很茫然。

看着侄女手足无措的样子，田有龙有些怜惜和心疼。他耐心地带着孩子报完名，又担心她找不到学校的教室、食堂和宿舍，就特意带着她在校园里走了好几趟，一边走，一边叮嘱着各种注意事项。

临走的时候，大伯往田得梅手里塞了50元钱说："好好学习，好好听老师的话。以后每个月的生活费，我都会打到你和你哥学校的账上。需要零花钱的时候，就跟大伯说。在学校里遇到什么事情解决不了，也要跟大伯说，不能瞒着长辈！记住，路上看到地上有钱不要捡。平时要穿紧身长裤不要穿裙子，一个人在外边要处处小心。再就是我还得叮嘱你一下，你还小，毕业前千万不要谈恋爱。"

田得梅当时并不明白，平时威严果决的大伯，怎么突然絮絮叨叨得像个女人。她捏着衣角低头答应着："嗯，嗯，嗯！"

田得梅从小生活成长的青海省互助县农村，位于西宁市东部。她的家乡不是我们想象的那种天苍苍、野茫茫、一望无际的大草原，而是青海少有的农耕地区，也是青海人口较为密集的地区。这里主要生产小麦、油菜等内地常见的农作物。

在农村，田得梅从小就跟着父母去锄草、挑水、割麦子，干起农活来是一把好手。在三兄妹中，她性格最为开朗、直接、干脆，学习成绩却是最差。

她很庆幸自己能上技校，她觉得自己就是上了高中也不一定能考上大学。大伯让她上个技校，毕业后有份工作，能赚钱养家就很好了。

入学后，田得梅在老师的指导下学习了电气技术应用专业。这些应用技术比较接地气，也没那么深的枯燥的理论，田得梅学起来倒是得心应手。

最初，学校的生活还是非常愉快的。同学们有来自甘肃和青海各个地方的。田得梅家离西宁市区不太远，也就一个小时的车程。有时候周末回家，田得梅就带着几个要好的同学回村里，父母就会拿出最好的吃食款待同学们。为了招待田得梅的同学，母亲会烙点韭菜合子等新鲜美食，偶尔还会杀只鸡犒劳田得梅的同学们。

而在学校里，尽管大伯田有龙每个月给 50 元钱生活费，田得梅却舍不得花。她知道爷爷爱吃蛋糕，总是每月

出席证

田得梅生活照

省下几元钱，买几块蛋糕带回家给爷爷吃。

田得梅清楚，没有爷爷和那头老牛，哪里有钱上学？小小年纪的田得梅就懂得了知恩图报。

技校的生活和学习按部就班，并没有什么波澜，倒是课外生活，给小小的田得梅带来不小的冲击。

十几岁的孩子本来就很幼稚，没有社会阅历，更不懂得什么是爱情。老师的阻止只能让这些孩子陷得更深，做出些出格的事情。

田得梅后来也注意到了，她的几个同学经常溜出去半夜不归，问她们就撒谎说去泡网吧了。后来，田得梅看到一个同学半夜里在学校的隐蔽处跟一个男子搂搂抱抱。这时候，田得梅才知道他们在谈对象。再后来，又陆续传出几个女同学怀孕的消息。

让田得梅惊慌失措的是，因为她长相姣好，性格开朗，竟然有好几个男孩子偷偷地给她塞纸条，或者直接拦她求约会。

这可把田得梅吓坏了，十五六岁的她还没到开窍的时候。她不知道怎么办，只好拐弯抹角地请教大伯。大伯非常严肃地说："坚决不行，你要是敢谈恋爱，我马上去学校找你老师让你退学。技校本来是学习谋生手段的一个地方，不仅仅是教授你们一门技术，更重要的是培养你们成为德才兼备的技能型人才。你们要是不学好本事，只想着风花雪月，会跌大跟头的。”

面对只有十五六岁的侄女，大伯不好跟田得梅说得更详细，只是严令她不准在学校里谈恋爱。

田得梅小声嘟囔着说：“我本来就没想这乱七八糟的事儿。”

“那就好，你要是敢不听话，我马上把你送回家去种地！”大伯也毫不客气。

田得梅知道大伯说得在理儿，就去劝那些要好的女同学，把精力放在学业上。可那些深陷爱情旋涡的女孩子，哪里会听田得梅的劝告？

后来，眼睁睁看着一个要好的女同学因为怀孕离开了学校，田得梅为此黯然神伤了好久。

田得梅一直谨记大伯的话：“不管别人什么样子，咱们自己一定活出自己的样子。”

## 指引方向的灯塔

我之所以用这么长的篇幅，铺垫一段小故事。目的并不在于讲述田得梅本人的精彩，而是在讲述田得梅的成长过程中，家族长辈所起的作用。

在容易滋生爱情的技校，田得梅并没有迸发爱情的萌芽。此时她并不知道，如果她在技校里发生什么爱情，就不会遇到深爱她的丈夫了。

因为，与她同龄的丈夫刘敦义，此时正在同一所学校里闷头读书。当时，他也是一个什么都不懂的毛头小子。等到他们相识，则是毕业六年之后的事了。

无论我们生于乡野农村，还是城市富豪之家，家族长辈都不仅是家庭的支柱，更是家族传统的传承者和智慧的积累与传递者。长辈们的言行举止、思想观念、价值取向等都会对家庭产生深远的影响。

首先，长辈是家庭的经济支柱。田得梅的爷爷和父母，用坚韧的肩膀挑起了家庭的重担，为这个普通得有点寒酸的家庭创造了稳定的生活。在孩子成长的路上，他们即使卖掉那头赖以耕作的老牛，也要为孩子提供基本的学习条件。

田得梅当然知道，卖掉老牛之后，地里的活儿只能靠父亲那并不宽厚的肩膀。因此，她才在心里埋下这样一颗种子：好好学点手艺，长大赚点钱帮着父母支撑起这个家。

其次，大伯田有龙是这个家族的一盏明灯。作为上一代最有出息并且明白人生道路应当如何走的人，他通过与晚辈的交流和互动，传递了家族的文化精神，增强了家庭的凝聚力。尤其让孩子知道，每个人都应该努力活成自己想要的样子。

对田得梅来说，大伯拥有丰富的人生经验和生活智慧，能够为家庭成员提供宝贵的建议和指导，帮助他们在人生道路上做出正确的决策，并为她的人生第一步校正了方向。

长辈们积极与孩子沟通，能够了解年轻一代的想法和需求。孩子也可以学习到许多宝贵的人生智慧。长辈们的言传身教，无形中塑造了年轻一代的性格和行为，优良的家风因此可以代代相传。

# 第二章 天下黄河贵德清

## 大吊车真厉害

2007年6月初，田得梅就要从青海西宁中国水电四局技工学校毕业了。

毕业之后要做什么呢？田得梅还没来得及考虑这个问题，学校领导突然把即将毕业的女生集合起来，只听见那个貌似领导的人问："谁不近视？谁眼神好？"

站在人群里的田得梅左看看右看看，心里说："这不是明摆着吗？除了戴眼镜的，都不近视。”

可是，就因为这个简单的近视问题，几十个女孩往视力表前一站，测量下来后只剩下不到一半人数。

接下来，那个貌似领导的人又抛出第二个问题：“谁不恐高？胆子大？”

这个古怪的问题又把在场的学生问得一头雾水。田得梅小时候没少跟着男孩子爬树上墙，于是举手说：“我会爬树。”

见田得梅都抢答了，好几个女同学也争先恐后地说不恐高。尽管这些女孩子并不知道问话的人到底为什么问这个奇怪的问题。但她们也都意识到了，这是在挑人呢。既然是挑人，那就多半是好岗位、好工作，说不定是坐办公室呢。

然而，这些女孩子还是低估了这个领导的面试套路。接下来，这个领导又提了一个奇怪的要求，让所有自称不恐高的女生都爬到教学楼的楼顶，然后在楼顶上伸出头来，朝着楼下报出自己的名字。

这一趟考核下来，只剩下田得梅等四五个女生。

接下来是第三项考核了。这个考核倒是简单，只是称体重，量身高。此时的田得梅体重不过百，身高大约一米六二。领导说了，太胖不行，太瘦不行，太高不行，太矮也不行。

眼神好、胆子大、不恐高，这些奇怪的要求，田得梅完全合乎标准。为什么只查这几项，田得梅并不清楚。但经过这么一番折腾，最后参加面试的学生里，只剩下了田得梅和另外两个女生。

至于让她们三个女孩子干什么，田得梅哪里知道?

那位挑人的领导帮着田得梅她们办完毕业手续，然后开车把她们送到了兰州参加培训。

直到田得梅第一次登上天车后，她才知道挑人的是水电四局安装公司的人。这次考核的目的是挑选天车驾驶员。要求眼神好，就是能从十几米甚至几十米的高空看清下面的情况。胆子大是要能长期在晃晃悠悠的天车上工作。不恐高那就更简单了，因为天车驾驶室离地面十几米甚至几十米，恐高的人干不了这个工作。至于高矮胖瘦的要求，是因为天车驾驶室太狭窄，只有 2 平方米左右，个子高了坐着憋屈，胖了爬几十米的梯子上天车困难，太瘦了扛不住高强度的工作量，太矮了往天车下边观察，需要站起来或者伸长脖子才能看到。

这条件跟部队挑选坦克驾驶员差不多。

田得梅在天车驾驶室

经过40天的培训后，在分配到青海贵德县拉西瓦水电站工地之前，田得梅终于搞清楚开天车到底是个什么工种了。

天车是通俗的说法，官方的说法叫桥式起重机，驾驶起重机俗称开天车。当然，因为长期在高空工作，同事们给她们起了个貌似好听的名字：空姐。

按照官方介绍的说法，天车是架在高架轨道上运行的一种桥架型起重机。桥式起重机的桥架沿铺设在两侧高架上的轨道纵向运行，起重小车沿铺设在桥架上的轨道横向运行，构成一个矩形的工作范围，这样就可以充分利用桥架下面的空间吊运物料，不受地面设备的阻碍。这种起重机广泛应用在室内外仓库、厂房、码头和露天贮料场等处。

这么介绍起来，很拗口，很别扭，也不好理解。通俗点说吧，天车就是架在厂房横梁上的大吊车。天车司机，就是坐在高空驾驶室的小箱子里开吊车，吊运货物。

因为随着故事的铺展，大家一定会慢慢地熟悉这个大吊车，这里就先不过多地介绍了。

虽然，挑选天车司机可谓百里挑一，但开天车是多数女孩最不愿意干的工作。田得梅当然清楚，在面临工作选择的时候，实际情况是非常残酷的，她没有资格挑选工作，只有工作挑选她。

田得梅毕业的时候，可供一线女性工人选择的岗位，只有电焊、配线和天车三个工种。而在这之前，水电四局其他两个专业已经招满。

当时的田得梅只能被迫选择天车，如果她不具备眼神好、不恐高等特点，她甚至连选择天车的工作机会都没有。

也就是说，开天车是阴差阳错，也是巧合。不然的话，技校毕业后，她找不到合适的工作，还是要回老家种地。

我们都是普通人，我们的人生会面临很多选择。但没有选择机会的时候，那个唯一的选择，未必是一条小路或者绝路，只要好好地走下去，就可能走出一条康庄大道。就像电视剧《士兵突击》里的那个许三多，无论任何时候都不忘初心。

许三多精神不仅仅是不抛弃、不放弃，还包括对自我价值的高度认同和坚持。

凭借这种精神，许三多从一名普通的士兵逐渐成长为受人尊敬的“兵王”。而田得梅之所以能够成为大国工匠，与她的这种自我实现的精神境界密不可分。

人生别无选择时，那根随手抓到的稻草往往能够成为人生的光，也可能是命中注定的方向。

40 天的培训结束后，田得梅和另外两个同学被分配到了位于青海省贵德县的拉西瓦水电站，成为中国水利水电第四工程局机电安装分局的员工，当上了天车司机。

田得梅当时并没有在意，她这份工作是正式工还是临时工。因为随着时代的变迁和改革，今天的用工制度正朝着多元化发展。很多人都搞不清这些年来的用工制度，刚参加工作的田得梅当然更不懂。她只知道领导安排她什么活儿，她干好工作，月底能领到工资就行了。

直到十几年后，田得梅成为大国工匠，同时赶上用工制度改革，她才转为单位给交“五险一金”的那种正式工。

这里必须说清楚，我们之所以提到用工制度的变化，是因为田得梅自参加工作到现在，这 18 年的时间里，很多来到水电一线工作的年轻人，都因受不了各种艰苦而跳槽。

很多能够留下来坚持安心工作的人，只看重拿到手的工资，而不太在意“五险一金”这个很多年后才有的保障。基于这个原因，企业愿意每月多给工人发工资，其他隐形的保障自然就少了。

这不是诟病企业用工制度，而是用这个现实来说明另一个个人选择得失的问题。像田得梅这样的年轻人进入社会之后，如果只盯着眼前利益并斤斤计较，而不是靠自己的能力长本事，只想着挑三拣四或者不停跳槽，是很难走得太远的。

从 2007 年 7 月田得梅来到贵德县拉西瓦电站的那一天起，她就跟天车结下了不解之缘。

到拉西瓦水电站报到之前，人伯田有龙送给田得梅一部手机，叮嘱她说："尕娃，出去工作了，想家的时候给家里人打电话报个平安。遇到困难不知道怎么办，就打电话问我。"

## 龙羊峡下拉西瓦

田得梅工作的第一个地点拉西瓦，是一个名不见经传的小镇，位于青海省贵德县西部的黄河边上，离田得梅老家互助县有两个多小时的车程。

这里需要简单介绍一下贵德县。贵德的地理位置在青海省会西宁市的正南边，隶属青海省海南藏族自治州。这个只有 10 万人的小县，有汉、藏、回、土、撒拉等 15 个民族在这里繁衍生息，因为靠近黄河又海拔偏低，贵德成为青海省的“高原小江南”。

熟悉贵德的人都知道，有一句非常著名的口头语可以准确地描述贵德：“天下黄河贵德清！”

大家都知道，我们的母亲河黄河是黄色的。那么，为什么贵德的黄河水是清凌凌的呢？这就要扯到与田得梅工作有关的正题了。

贵德上游不远处有一座水电站。这座水电站的名字对大多数中国人来说也都不陌生，尽管大多数人并不知道它的具体方位。

它就是大名鼎鼎的龙羊峡水电站。

沿着贵德县城往上游走几十公里，就是位于青海共和县境内的龙羊峡水电站。龙羊峡水电站上距黄河发源地1684公里，下至黄河入海口3376公里，是黄河流经青海大草原后，进入黄河峡谷区的第一个峡谷。

龙羊这两个字是藏语的发音，即险峻沟谷之意。龙羊峡的峡口只有30米宽，峡谷全长33公里，坚硬的花岗岩两壁直立，将近200米高，是建设水电站的绝佳坝址。

1976年，国家决定兴建龙羊峡水电站，坝址就选在这个峡口。水电站建设者在“龙羊”之后加上一个专业术语

“峡”字，便有了今天的龙羊峡。

龙羊峡水电站建成后，这里就成了黄河上游第一座大型梯级电站。龙羊峡大坝也成了“万里黄河第一坝”。

因为上游龙羊峡水库的沉淀作用，使得龙羊峡之下的贵德这一段的黄河，水质因此非常清澈。

而建设龙羊峡水电站的主力队伍，就是田得梅所在的水电四局。在这之前，水电四局还建设了黄河甘肃段的另一座水电站，即与龙羊峡水电站同样赫赫有名的刘家峡水电站。

水电四局因刘家峡水电站而成立，所以水电四局的人主要由青海和甘肃两省人员组成。因为，下一步还要讲述水电四局和刘家峡的故事，在这里暂且按下不表。

田得梅等三个女孩刚到拉西瓦的时候，领导带着田得梅她们到龙羊峡参观。路过一处墓地的时候，田得梅好奇地问：“这荒山野岭的，怎么有人埋在这里？”

领导一脸严肃地说：“山上埋的人，都是建设龙羊峡的前辈，都是咱们水电四局的人。这里还算少的，甘肃刘家峡那边建设得早，牺牲的人更多。”

田得梅听完，浑身起了一层鸡皮疙瘩。从那以后，安全这个词便深深刻在她的脑海里。

田得梅（右）与同事在工作中

拉西瓦这一段的黄河恰好就在龙羊峡之下不远处，也是高山峡谷地貌，河谷狭窄，两岸的岸坡陡峻，高差近700米。这个河段上游是龙羊峡，下游是李家峡，也是修建大型水电站的绝佳地段。

20世纪80年代开始，国家就准备投资百亿元建设拉西瓦水电站。其目标是建成黄河流域大坝最高、装机容量最大、发电量最多的水电站。

拉西瓦水电站从2004年实现河床截流，2007年7月田得梅来到这里工作时，工程已经进入安装阶段了。

一个水电站的建成，不是我们想象的那么简单，也不是一家建设单位就能够承担的。拉西瓦水电站主要由中国水利水电第三工程局、第四工程局、第十一局，葛洲坝集团公司等单位承建。因此，田得梅只是这数千建设大军中的一个新兵。

田得梅所在的中国水电四局承担的，是导流洞、左岸缆机平台、左高线交通洞、左岸拌和系统、主坝混凝土浇筑、主坝各类灌浆和部分机组安装等主要施工任务。

水电四局在拉西瓦的工程，从2002年12月28日的导流洞开始施工。水电四局领导的精品施工理念是：开挖是雕刻，浇筑是雕塑！

简单点说，就是在整个施工过程中，水电四局的标准是：他们所有承建项目的合格率，必须全部达到百分之百！

这就要求田得梅和她的同事们，在艰苦的施工环境和工期紧、任务重诸多不利因素的情况下施工时，严抓安全、质量和进度。而对田得梅来说，迅速掌握天车驾驶技术，才是当务之急。

## 姐妹师徒

2007年7月，田得梅来到拉西瓦水电站项目部天车班。领导把她领到了师父杨玲玲面前。

这一年，杨玲玲31岁，田得梅17岁。

虽然田得梅在培训的时候学习非常认真，对天车的操作非常熟悉，操作要求也烂熟于心。可是到了工地，她才发现，在实际工作中需要操作的天车高度更高，这里的天车也比实习用的天车更先进，需要她重新学习掌握新的知识。

田得梅最初并不适应的是，参加培训的时候条件非常好，而实际的工作环境却是在幽暗的山洞深处。

这里必须廓清大多数人的一个认知误区。我们很多人以为，水电站是在水泥坝的肚子里安装发电机发电。的确，早期和小型的水力发电，使用的是这种安装方法。但今天绝大多数的水力发电，不是在大坝里安装发电机，而是掏空坝体外边的山体，在山体深处安装发电机组，打个导流洞把水引进发电机组发电后，再通过巨大的山洞把水排出去。

而隐藏在山体里的各种山洞的长度，是绝对超乎我们想象的。以那些我们耳熟能详的著名发电站为例，各种山洞加起来，可长达数十公里甚至数百公里。

而用来安装发电机组的厂房所需要开挖的山洞，绝大多数要比好几个足球场还要大。一般来说，一个安装机组厂房的山洞高度五六十米，那是很常见的。

不仅如此，这种山洞里挖出来的厂房，工作环境非常差。山洞开挖后，几百人甚至一两千人在一个山洞里边工作。封闭空间里的沙尘非常大，这么多人同时在这样一个山洞里工作，需要长年累月戴着口罩。

因为厂房建设时期岩石颜色深，山洞内光线特别昏暗，天车司机想看清楚几十米吊钩上的东西，仅仅练就一双火眼金睛是远远不够的。

天车班里，31 岁的杨玲玲是师父中最年轻的，而初来乍到的田得梅，也是学徒中年纪最小的。这对年龄最小的师徒搭档，一个爱教，一个爱学，成了拉西瓦水电站的最佳组合。

开建不久的拉西瓦水电站，机组厂房里还没来得及修建登上天车驾驶室的专用铁梯，上桥机室需要攀爬凌空架设在山体边上的脚手架。这对初来乍到的田得梅无疑是个心理考验。尽管腰上拴着保险带，但她还是止不住地心慌腿抖。

儿时的田得梅上墙爬屋，即便爬树也不过几米高。但几十米高的脚手架，她还是第一次看到。

周围电焊机发出尖锐的蜂鸣声，刺激着田得梅的耳膜。爬到中间的时候，田得梅停下来喘口气，忍不住想看看厂房里到底有些什么。可透过昏暗的光线，眼中满是飘浮在空气中的灰尘。下面的一切都淹没在灰暗中。

“别往下看，手里抓紧，跟着我上！”爬在前面的杨玲玲冷冷地说。

在杨玲玲的催促下，田得梅连忙回过神来，紧紧跟着师父往上爬，再也不敢往脚手架下看一眼，生怕自己手一松掉下去。

好不容易爬到顶，刚进驾驶室，田得梅连忙摸了一下头上的发卡，自言自语地说了一句："哎呀，还在，多亏没丢。"

杨玲玲看田得梅头上别着一枚红梅形状的发卡，有些奇怪地问："一个发卡有什么珍贵的？你男朋友送的？还是有什么特别的意义？"

哪想到田得梅的回答让杨玲玲大跌眼镜："哪里啊，这个卡子还是路上捡来的。我就是看着是朵梅花，多好看啊。"

杨玲玲没说什么，心里却在打鼓："这孩子脑回路就是不一样，捡个发卡就当宝贝。这大大咧咧的性格，叫我怎么教啊？"

果然不出杨玲玲所料，田得梅第一次跟着师父上了天车，摸到操作按钮的时候，她还是像触电一样很快把手收了回来。

虽然师父杨玲玲就站在一旁，可年纪轻轻的田得梅依然无法克制心中的恐惧。

杨玲玲按住田得梅的手说："我刚开始上天车的时候也这样，紧张也就一会儿的事。这样吧，这几天你站在我身后看着我干。上班时得细心观察，下班后要虚心求教，三五天之后就好了。"

让杨玲玲略感意外的是，在她的倾囊相授之下，年轻好学的田得梅多多少少也看出了一些操作门道。一周之后，她再坐上驾驶座位的时候，手再也不打战了。

每个人在面对前路的时候都无法预测到未来会怎样，但我们也不要把美好的时光留给焦虑。只要方向是对的，就要先干起来，在行动中发现问题，解决问题，不断完善，最终达到完美。

杨玲玲也把道理讲给田得梅："万事开头难。只要迈出第一步，最难的部分其实就已经过去了。想做什么就要马上行动起来，前进的路上自然会有你想要的答案！"

杨玲玲注意到，她的这个徒弟有个突出特点，就是学起书本上的东西特别费劲，但在实际操作中，她所指点的操作要领，田得梅一学就会，一点就透，操作起来超乎寻常地灵巧。

而且，这个徒弟嘴巴又甜又巧，说话办事张弛有度，与同事相处起来特别有亲和力。大家都很喜欢这个小姑娘。

为了磨磨田得梅大大咧咧的性子，让她在工作中静得下心、沉得住气，杨玲玲特意买来毛线和十字绣，下了班就教田得梅织毛衣，绣十字绣。

可这些东西到了田得梅手里，飞针走线嘁里咔嚓，没

田得梅在工作中

多久就完工了。杨玲玲本想挑一下田得梅的毛病，可翻来覆去查了一阵子，也没挑出毛病来。杨玲玲忍不住对工友们慨叹说："除了天难改、性难移的性格，心灵手巧的确是我这个徒弟与生俱来的天赋。"

令杨玲玲惊喜的是，田得梅平时活泼好动，但坐在天车驾驶室的时候却沉稳心细，不仅反应快、眼神好，而且无论起吊什么设备都从不慌乱。

动如脱兔、静若处子，在田得梅身上竟然完美结合。

我们每个人身上都有隐藏的能量，与其期待完美的别人，不如让自己变得更加强大。拉开人与人之间差距的，往往是行动力和执行力。优秀的人都明白一个道理：想的时候都是问题，只有做的时候才有答案。

好的人生，是靠努力争取来的。我们要一步步向前走，把行动交给现在，把结果交给时间。只要朝着正确的方向走，走着走着就会发现，我们离心中的目标已越来越近！

有一分耕耘，就有一分收获。不要小看自己，人有无限可能。水电四局的一个口号是这么说的：态度决定一切，细节决定成败。

## 人命关天

在相互欣赏、相互支持中，田得梅学得特别认真，技术进步也特别快，很快就能独立工作了。此时，杨玲玲才叮嘱田得梅工作的第一原则：安全第一！

“安全靠什么？靠的就是天车司机的责任心！”杨玲玲严肃地叮嘱田得梅，“你必须认清工作的重要性和风险性。无论是吊一千斤还是上千吨，都必须怀着同样高度的警惕性和责任心。要知道，设备一旦吊起，设备的安全、周边的安全，还有吊车下边无数人的安全，就全部掌握在我们手里。任何的大意，都将带来无可弥补的严重后果！你想一想，就是从五六十米的高度掉下去一个水杯，起码也要砸出一个坑，要是砸在人身上，那就是一颗炮弹！”

为了让田得梅见识一下高空坠物的破坏性，下班之后杨玲玲把田得梅留了下来。见所有人都离开了工作现场，杨玲玲便顺手从天车上往下边的一块空地上，扔了一瓶矿泉水。

等两人从脚手架上下来，去看那瓶摔裂的矿泉水时，只见空地上已被砸出一个小小的坑。

杨玲玲问：“你我戴的安全帽，有这块石头硬吗？”

田得梅怯怯地说："没有。"

见这一招把田得梅吓得小脸煞白，杨玲玲又安慰说："你也不要有心理压力。我就是让你知道，上了天车只要不粗心大意，就不用害怕。"

那天跟着杨玲玲从隧洞里出来，田得梅的心里一直像压了块石头。人命关天，那是她这个小姑娘不能承受

田得梅（右二）和同事

之重。

为了锤炼田得梅的技术，下了夜班之后，杨玲玲总是陪着田得梅再练习一个小时左右。

一天夜班后，杨玲玲带着田得梅训练。在天车上独自操作的时候，累了一天的田得梅一时走神儿，原本应该同时提升的两个吊钩并没有一同起步，吊装的钢管突然在半空中倾斜。杨玲玲连忙用对讲机提醒田得梅："溜钩了！赶紧停车。"

田得梅连忙按下制动按钮，一捆钢管停在了半空中。

这次失误虽然没有造成事故，但把田得梅惊出一身冷汗，要是那十几根粗大的钢管滑落下去，要是天车下边都是人，那后果会是什么样子？

天哪，田得梅想都不敢想。

见田得梅吓出一身冷汗，杨玲玲通过对讲机安慰说："这是小故障。咱们干活三班倒还会累呢，这天车可是一直在运转。天车也累啊。"

杨玲玲本来是为了宽慰田得梅，不料田得梅脑回路果然清奇，她对杨玲玲说："师父，天车累了也得检修。就像我们看电影的时候，火车到站停车的时候，总有人拿个锤子在车轮子上敲敲打打。要是开工前，咱们自己先检查处理这些故障，干起活来效率是不是更高啊？”

本来，天车的日常维护和保养工作，以及上机后的检查，并不是一项常规性工作。但从田得梅这次小失误开始，师徒两人上班时，天车驾驶工作就多了一项——检查设备。

田得梅当上天车班班长后，开工前的检查成为必须做的例行性工作。就像学车的时候，驾校老师总是提醒，开车前要围着车转一圈儿，看看车周边有没有小狗、小孩什么的，以免出大乱子。

后来成为大国工匠，总结工作经验的时候，田得梅坦言，自己之所以能够出色地完成工作任务，除了战战兢兢、如履薄冰的谨慎，还有师父教给自己的技术传承和专业钻研，更靠自己的专注与岁月磨砺。

在拉西瓦这边，田得梅跟着杨玲玲专注地学习着开天车。而家里人长时间接不到田得梅的电话，总是放心不下。

田得梅到贵德工作一个月后，父亲田有宝带着全家人，抱着棉被和各种吃的喝的来到贵德，看看女儿能不能适应贵德的生活，也想看看女儿工作的地方苦不苦。

当他们坐车穿过长长的矿洞，跟着田得梅进入电站机房内部，看到女儿坐在十几层楼那么高的天车上，看到地上那些大大小小从来都没见过的各种设备。在烟尘飞扬和嘈杂不堪的各种噪声中，田有宝和家人开始心慌起来。他们当然想不到，自己的孩子竟然在这种艰苦的环境下工作。

先前，田有宝只听说孩子在山沟里工作，现在到了拉西瓦工作现场一看，天车那么高。他看着都觉着眩晕，愣在当场想了半天，自家孩子是怎么爬上去的呢?

田有宝夫妇从山洞里出来，跟着田得梅的师父杨玲玲来到生活区。他们在公共食堂看到吃饭的都是跟女儿年龄差不多的年轻人。看着女儿淡然的神态，田有宝悬着的那颗心才慢慢平复了一些。

离开拉西瓦水电站的时候，田有宝夫妇终于意识到，女儿变得干练了、成熟了，只是快言快语的性格始终没变。

田有宝夫妇并没有告诉自己的女儿，自从那一次看到女儿在那么高的天车上工作之后，他们回到家就落下了一个毛病，在很长一段时间里，老两口半夜经常被噩梦惊醒。

他们明白这是儿行千里母担忧的缘故。因此，他们从来不敢把这些牵挂和梦里的事情告诉女儿。

## 握不住的甜

在跟随杨玲玲学习的过程中，田得梅的天车技术磨炼得越来越好。终于可以独当一面的时候，杨玲玲又认真地对田得梅提出另一个要求：“你年龄还小，心智还不全。你先把工作干好，别着急谈对象，等20岁以后再说，听到没？”

此时，田得梅还是个情窦未开的小姑娘。她觉得自己还是个孩子呢，找对象是大人的事情。她一门心思就是好好干活，月底拿到工资跑到银行存起来，等过年的时候拿回家交给自己的父母，根本没有那个心思找对象。

在水电建设工地上，男女比例失衡是客观存在的现象。绝大多数一线人员都是青壮男子，女工占比也就十分之一左右。像田得梅这种生性活泼、爱说爱笑并且长相甜美的女孩子，就成了深山里的金凤凰。

可是，杨玲玲的叮嘱似乎成了铁律。活泼又漂亮的田得梅在24岁之前没有找对象，是令人非常费解的。以至于追不上田得梅的男工友，跟杨玲玲擦肩而过的时候，忍不住埋怨道：“你这当师父的，把徒弟‘教坏’了！”

杨玲玲听到这些从来不会生气，反而昂起头傲娇一笑。

说这话的男孩子中，就有一个经常陪着田得梅加班磨炼技术的顾小顾。

顾小顾是起重班的小帅哥，长相英俊，技术精湛，还有一张甜嘴巴。

顾小顾也是青海人，老家离田得梅的老家互助也就一两百里的路程。因为年龄相仿，又在工作中与田得梅经常接触，他与田得梅之间就有了更多年轻人之间的默契。

这里需要介绍一下，天车班与起重班之间的工作关系。说简单点，开天车的司机是把货物起吊后再落下来，就算完成工作。而起重班的人员是在吊装前给货物拴好绳索，再指挥天车司机把货物吊到指定的地方放下。因此，天车司机与吊装的起重班工友，是密不可分的合作关系。

在水电站建设工地上，员工因为工种不同分成不同的班组。天车班和起重班是时刻接触配合的。尽管大家来自五湖四海，操着各种各样的语言。虽然大家努力使用普通话，但在某些时候，只有方言才能让对方明白自己在表达什么意思。

这两人年龄相仿，语言相通，工作和生活中的沟通自然多了起来。每次田得梅喊顾小顾的时候，不喊名字，只喊一声“顾啊”，顾小顾就心领神会。

而顾小顾喊田得梅也同样喊一声“田啊”，田得梅就知道对方是在喊她。

其实，这时候田得梅分不清楚顾小顾喊的是“田啊”，还是“甜啊”。

一天下午，起重班新到了一批器材。顾小顾在卸货的地方挥汗如雨地整理着，实在忙不过来，就喊了其他几个班组的工人帮他一起卸货。这时候，坐在驾驶室里的田得梅看得清楚。她拿着对讲机没心没肺地问顾小顾：“顾啊，用我帮忙吗？”

顾小顾一看货都快卸完了，便随口说：“不用了，谢谢。”

田得梅见这小伙子拒绝了她的好意，连忙问道：“顾啊，为什么啊？”

顾小顾明显赌气地调侃道：“你是空姐，用不起。”

田得梅心里清楚得很，昨天晚上顾小顾第三次请她去贵德逛夜市。他本来想请田得梅吃羊肉串，可田得梅却愣愣地怼了回去：“我师父警告我了，不让我晚上跟男孩子出去，吃饭更不去。”

其实，田得梅本来想表达的意思是，你有钱请我吃羊

人面桃花相映红

肉串，我可舍不得花钱请你吃啊。

可话到嘴边，田得梅说出来的话，就是明确拒绝了。

田得梅跟顾小顾是年龄相仿的同事，在工作中打打闹闹开玩笑惯了。田得梅本以为找个理由拒绝一下，不让顾小顾破费了，她找个借口推开就是。

可是，田得梅没想到顾小顾忽然拉下脸来，语调也有点提高："你不跟我去，跟哪个帅哥去啊？"

田得梅心里登时咯噔一下，她不想解释，直接回怼了一句："好心当成驴肝肺。你自己去吧，我不去！"

这本来是同事间最普通的交流，但女孩子的心是非常敏感的。因为她知道，顾小顾时常向她献殷勤，不是送东西，就是请她吃饭，显然是想追求她。

田得梅清楚，自己年龄太小了，刚刚从学校进入陌生的工作环境，连吊装师傅的指挥手势都不全懂。驾驶天车的技巧不够精通，那些按钮在哪个部位都记不清楚，哪里还有多余的心思谈恋爱？

一个压根不想谈对象，一个青春萌动热情似火。这对正确的同龄人在错误的时间相遇了。

顾小顾有一颗简单善良的心，是个挺好的同事。但田得梅的逻辑也很简单：因为你是我的工友，我才跟你打交道。但除此之外，咱们没啥关系，是我师父不让我 20 岁之前谈恋爱的。我不吃你的肉串，一是不想让你破费，二是不想欠你人情。再说，你花钱请我吃饭，我可舍不得花钱回请。

因此，田得梅觉得昨天拒绝了顾小顾的好意，是驳了他的面子。为了能在工作上融洽相处，自己今天必须主动搭讪，帮助一下顾小顾。

顾小顾当然也没有太过拒绝，在田得梅的帮助下，几车货很快卸完了。

当天晚上，顾小顾多了个心眼儿。干脆把天车班和起重班的好几个人叫到一起，到饭店里一起吃晚餐。由于都是同事，连师父杨玲玲都被邀请来了，田得梅也不好拒绝。

因为田得梅跟在座的哥哥姐姐们都是很熟悉的工友，所以谁也没往心里去。可大家吃到快结束的时候，顾小顾突然来到田得梅身边，从背后拿出一大捧玫瑰花。田得梅一下呆住了："你这是干什么啊？"

顾小顾笑着问："田啊，你不知道今天什么日子吗？今天是你 18 岁生日啊。"

这时候，田得梅才想起来，之前顾小顾看过她的身份证。可是，这样重要的日子，自己竟然忘记了。

第一次收到鲜花，田得梅很感激，也很不安，着急得眼泪在眼眶里打转儿。她知道顾小顾是个好小伙子，但她真的不想谈恋爱。

田得梅连忙摸着自己的口袋说："我给你钱吧，这些花儿挺贵的。"

顾小顾连忙摆手："咱们是好朋友，不该要钱的。再说，这本来也不值几个钱，你就收下吧。"

突如其来的鲜花，让田得梅感动得差点掉眼泪。哪个女孩子不喜欢别人送的鲜花呢？

后来，顾小顾经常变着法子给田得梅买点零食和生活用品等小东西。每一次田得梅问顾小顾花多少钱时，他就又会瞪大双眼对田得梅说："不用！"

没有别的办法，田得梅每次去县城或者回老家时，就想方设法给顾小顾带一些差不多价值的东西，算是礼尚往来。

在田得梅心里，馈赠他人是快乐的；而接受馈赠，却让自己失去了给予的快乐。

有时候，顾小顾会冷不丁地对田得梅说："田啊，做我女朋友吧。"

每次田得梅都把嘴巴一撇："好呀，你找我师父问问去吧。"

尽管田得梅知道，顾小顾是真心喜欢自己，可她不敢接受这份感情，只好找个别的话题转移掉了。

就这样，转眼来到了2010年的秋天，拉西瓦的安装项目基本结束。在拉西瓦工作三年的田得梅，按照项目组的要求，要被派往龙江水电站工作。而杨玲玲还要留下来做一些收尾的工作。

龙江水电站，位于云南省德宏傣族景颇族自治州潞西市境内，在龙江和瑞丽江流域的龙江干流上。

但顾小顾没想到，他却被安排到新疆的一个项目组。

在一块工作都没追上，被分到天南地北的两地更没戏了。这下，顾小顾急了，连忙去找项目部的领导求情，顾小顾真诚地哀求领导说："我要跟田得梅去一个项目组。要是你们硬要棒打鸳鸯，对我来说就是老婆没了，希望也就没有了。"

领导当然也会考虑到小青年的感受。但这次田得梅是临危受命去龙江，并不是组团去的，领导只好安慰说："小田是挺不错的，可好姑娘有的是。哪个项目组都有女孩子，你也不要在一棵树上吊死。我们安排你去新疆项目组，是让你去当班长挑大梁的。很多项目是要统筹安排的，我们这么大的一个团队，要吃饭，要发展。哪头轻，哪头重？这个利害关系，你要搞清楚。”

顾小顾急吼吼地说：“你说的道理我非常清楚啊！我什么要求都没有，如果不把我安排到龙江项目组，我就不干了。”

领导以为顾小顾只是让爱情冲昏了头脑，笑了笑说：“你不要只看着一个小姑娘好，就为了那点小感情寻死觅活。你的眼光要看得更高更远。人员名单早已经敲定，没法更改了。”

眼看无望的顾小顾只好说：“我明白了。”

顾小顾去找领导求情一事，田得梅始终不知道。甚至，自从拉西瓦水电站分开之后，田得梅再也没有见过顾小顾。

田得梅刚到龙江电站工作的时候，还会常常接到顾小顾的电话。可随着时间的推移，顾小顾的电话越来越少。慢慢地，两人失去了联系。

一年后，师父杨玲玲打电话告诉田得梅，顾小顾辞职了。

三年后，杨玲玲告诉田得梅，顾小顾就要结婚了。

此时的田得梅，突然感到一阵落寞。

尽管田得梅恪守着杨玲玲的叮嘱和教诲，但三年后完成龙江水电站工作的田得梅已经 23 岁了。

后来，田得梅起的微信名字叫握不住的甜，会不会与这段感情有关，谁也不知道。

# 第二章 守住自我本心

## 心无旁骛的技术磨炼

2010 年，拉西瓦水电站项目结束了。杨玲玲留在了贵德，田得梅转战到龙江水电站枢纽工程。

领导之所以安排田得梅到中缅边界的龙江水电站工作，是因为龙江工地上的天车司机突然因为腰椎间盘突出无法工作。她是被派去龙江救急的。

同时期到拉西瓦工作的三个天车女工里，田得梅是掌握技术最全面的一个。此时正是突然用人之际，杨玲玲第一个推荐了田得梅。领导也认为她可以独当一面了。

但田得梅那时候连普通话都说不利索，更没出过远门。因此，她对去云南那边工作惴惴不安。

然而，单位已经把西宁到昆明的机票买好了。在杨玲玲前来送别田得梅的时候，田得梅急得眼泪汪汪。

田得梅（右三）三姐妹

杨玲玲帮田得梅抹了一把泪水："看你把小脸都哭花了。没事儿的，以后习惯了就好了。"

就这样，田得梅第一次出远门，就从青藏高原来到了中缅边界的龙江水电站。

从此之后，这师徒俩天各一方，但她们3年多来结下的师徒情谊并没有因此淡漠，而是沉淀在此后的岁月中，并使她们成为此生相依相伴的亲人。

只要有空的时候，两人总要通个电话，互相聊聊各自的生活。两人的感情也从师徒慢慢地变成了姐妹。

在人生的起步阶段，是杨玲玲的引领才让田得梅的人生道路走得越来越稳。

天车司机是安装业务中非常重要的一环，没有天车司机，工作现场那么多沉重的设备和各种建设材料，就没法放置到合适的位置。几百人就得停工待料，损失是非常巨大的。

田得梅紧急赶到龙江之后，就成了龙江天车班的主力队员。按照分工，她和前任天车司机轮班工作。可一旦那位大姐腰椎间盘病情发作，田得梅就不得不连轴转。本来一个班的工作，田得梅常常要干两个班，甚至连续几天都要连轴转。

水电站建设者要随着工程建设不断转移战场，田得梅先从青海贵德拉西瓦，到云南瑞丽的龙江。到了参加工作的第六个年头，田得梅转战的第三个工作地点，是向家坝水电站。

向家坝水电站横跨在金沙江两岸，涉及川、滇两省。更重要的是，田得梅从黄河的上游转战到了长江的上游。

位于云南昭通的水富市与四川省宜宾市叙州区交界的金沙江上的，就是装机容量达 640 万千瓦的向家坝水电站。附近有个村名叫向家坝，国家重点工程向家坝水电站的名称由此而来。

从向家坝往下走不远，就是因五粮液而著名的万里长江第一城宜宾。

经过六年的技术磨炼，田得梅的专业能力得到了极强的提升。此时田得梅很清楚，开天车再也不是把设备或材料从一个地方吊到另一个地方就行了。安全驾驶，才是开天车的第一规则。

怎么把吊装的物品吊送到指定区域，坐在 2 平方米不到的天车操作室里，田得梅在实践中琢磨出来无数个小门道。

比如，手动换挡时要注意逐挡增加或减少，接近吊点时要判断距离以便提前减速避免急停，开关按钮和操控手柄时动作要平稳，不猛拉猛拽猛按。

每次发现一个驾驶小窍门，田得梅都会继续摸索，直至完全找到手感。凭着心无旁骛的韧劲，田得梅从每天早上一睁眼便开始背诵操作规程，到白天实际操作时记住每一个要点细节，再到晚上临睡前在头脑中像过电影般将吊装的全过程再回想一遍。

日积月累下来，田得梅总结出了眼看、耳听、鼻闻、脑想、手脚动的人机一体操纵技巧。在长期的工作实践中，田得梅不仅练就了过硬的技术本领，也总结出了一套适用于机组设备吊装的工作方法。从几吨的零部件到上千吨的大家伙，她都是操作零失误。

施工关键时期，田得梅经常奔赴各个项目支援高难度吊装任务，指导班组攻克一项又一项技术难关，出色地完成了组织交办的每一项任务。

在别人眼里，田得梅学东西一学就会。其实，她并不是那种天资聪慧的人。但她总能在反反复复的操作过程中坚持并专注记忆背诵。时间长了，那些操作要领就从大脑记忆变成了肌肉记忆。

肌肉记忆是田得梅学习的窍门。很多驾驶天车的动作即便闭着眼操作，她也能准确到点位。货物在天车上牵引时晃动的幅度与频率，她也能凭借操纵按钮感觉出来。这种感觉是日积月累积攒下来的经验。

有时候，这种感觉比眼睛测量得更准确。从天车往下看的时候，视觉是有偏差的。比如，从几十米的天车往下看，一个人站立的高度也不过十几厘米的样子。但通过多年实践，她靠手操纵按钮感觉到的距离，比眼睛看到的更准确。

这就像一个狙击高手，在子弹出膛的那个瞬间，高手就知道会不会命中猎物。

当然，田得梅不满足于只会驾驶天车。现场经验累积久了，她开始思考另一个问题。无论在哪个电站工作，天车都是一直在运转不停的。起先不管遇到什么小问题，都需要联系检修的同事来处理。要是自己能发现天车上的这些故障苗头，是不是效率就能提高了？

说学就学，田得梅在下班后多了一项安排，就是跟着试验室的同事学习天车的日常维护和保养。这项技能让她应对起工作来更加自如。

## 妄念莫动，守住本心

不动妄念，守住本心，是田得梅品格中与众不同的地方。

或许，正是因为田得梅的成长环境太过艰苦，才养成了她坚韧、开朗的性格；正是因为她大大咧咧、云淡风轻的做事风格，才使得她格外珍惜天车司机的工作；正是因为这份来自内心的知足常乐，才让她在这个在别人看来又苦又累的岗位上，十几年如一日地坚守下去。

她知道自己小小的肩膀上，挑着责任，扛着家庭。

我们每个人都会在某些时刻产生妄念。田得梅也不是没有想过，但她压根儿都不敢实施。

你可以批评田得梅缺少年轻人应有的舍我其谁的闯劲儿。可是，我们绝大多数人都是芸芸众生。田得梅清楚，妄念一动，她的人生有可能万劫不复。

最初工作的时候，田得梅就提醒自己：要是我没这份工作，那我回农村能干什么？只能帮着家里种地，或者到别人的店里打工，顶多能帮别人在西宁大十字街上卖个衣服或者糖葫芦。那样的日子朝不保夕。在水电站工作虽然苦点累点，但好歹单位从来都按时发工资。

田得梅刚上班的时候，每个月工资发到手 1100 多元。她每月总是存上 1000 元，自己兜里只留 100 元作为一个月的零花钱。那会儿工资虽然不高，但半年工作下来，等放假时田得梅拿着攒下来的7000元钱回老家时，爷爷奶奶都高兴得忍不住老泪纵横。

再后来，田得梅领了工资，除了给妹妹交学费，都交给了父母，再加上哥哥凑的钱，终于为家里盖起了新房子。

艰苦生活的磨砺，让田得梅能适应各种环境，即便在困境中也能倔强成长。

田得梅觉得，开天车本来就是自己的活，一个人干了就干了，况且多加班还多拿资金呢，那就忍着干呗，苦点累点不算什么。

可忍着忍着，到龙江工作两年多之后，年纪轻轻的田得梅也隐隐感觉到腰开始疼起来。

腰椎疾病尤其是椎间盘突出，是多数司机的职业病。天车司机更不例外。

长时间坐在天车狭小的空间里，坐姿单一，注意力集中，身体机能和精神压力交织在一起，无疑会增加天车驾驶员的疲惫感。再加上座椅和靠背欠缺舒适度，使得身体得不到全面支撑。

尤其在吊运重要物品的时候，天车司机一边操作天车，一边还要伸长脖子去看挂钩上的物品。这种动作牵动着全部脊椎的肌肉、神经和骨骼，致使脊椎总是处于紧张

田得梅在狭小的天车驾驶室

状态。因此，天车司机最常见的身体反应就是颈椎、腰椎酸痛，时间久了就发展成了腰椎间盘突出。

很多人说，失败是成功之母。其实，内心的定力才是成功的关键。每个人在走向成功之前，多少都会经历一些方向的选择。就像挖井，有的人挖上几铁锹见不到水，就换个地方再挖，结果挖了很多水井，渴死了都没见到水。有的人朝着一个地方挥汗如雨，坚持不懈，最终挖出了水井。

年轻人如果三心二意，心存各种妄念，做事的时候不肯专注努力，就永远无法抵达想去的地方。

## 安全大于天

田得梅后来还得了一个职业病，就是严重的失眠。她吃过各种各样的安眠药，都无济于事。这主要是长期精神紧张的问题。

这个职业病是后来才出现的，现在先说腰椎间盘的问题无意中引来的安全恐惧吧。

田得梅在天车上只有实在腰疼得不行，忍不下去的时候，才请假到附近的医院去做检查。有一次，当她拿着膏药回到厂房的矿洞前，突然看到很多人往厂房里边跑。田得梅顿时感觉不对。她纳闷儿地问同事："你们跑啥嘞？"

就在这时，有人从厂房里冲出来喊："出事了，死人啦！"

田得梅顾不上腰疼，跟着人群往厂房里跑去。等赶到厂房里时，田得梅才发现好多工人师傅，都趴在厂房矿洞的二级台阶边上，伸着头往下边看边议论。

田得梅听前面的人说："放水调试的时候，那边有个人掉下去了。"

在这之前，我们介绍过，水力发电是将山体凿空后，再安装发电机，然后在电机前边凿一条导水洞，发电后再通过排水洞将水排出去。

这个厂房的高度是由多级台阶构成的。在检测引水洞来水的时候，站在上边的一位工人一不小心脚底一滑掉了进去，随即掉进了漩涡里。

发电用的水量非常巨大，速度也非常快。一个人掉进去，就像一片树叶掉进湍急的大河里。

这个水量有多大呢？很多人都愿意用西湖来作为计量单位，那么以白鹤滩水电站为例，6 分钟的发电水量就可以填满一个西湖。

位于云南昭通和四川宜宾之间的向家坝水电站，是金沙江水电基地最后一级水电站，水量之大虽然不如白鹤滩，但那澎湃的激流也是非常恐怖的。

田得梅的眼泪立即涌了出来。与此同时，身边的工友们一边看着一边哭着，都束手无策。

等关闭导水洞把那位工友找到之后，只见他身上的衣服已经被漩涡撕碎，身体也被撞得伤痕累累，早已没了气息。

前边已经介绍过，水电站的建设往往有好几个队伍同时开工。尽管这次施工事故并不是出在水电四局，但田得梅亲眼看到那位工友的惨状，极大地震撼了她的心灵。

田得梅给班组成员做消防培训

毕竟，这是田得梅第一次亲眼看到一个活生生的工友，在自己面前死去。

田得梅又惊又怕。虽然她与那位工友素不相识，但回到宿舍后，田得梅哭一会儿停一会儿，只要一闭眼就浮现出那个工友死去的惨状。第二天醒来的时候，她竟然发现自己哭哑了嗓子哭红了眼睛，哭得说不出话来。

从那天开始，田得梅越干越害怕，越干越胆小起来。她总是担心，万一哪天自己一走神出点事故，那可是人命关天的大事。

安全问题，成了悬在田得梅头顶的一柄利剑。

心惊胆战的田得梅每次上天车工作之前，都要检查轨道上有没有东西，同时必须系紧安全带。

技术要掌握在手里、融化进血液里，安全意识更要存在心里、绷紧在神经里。在这个岗位上，必须带着压力和责任去做好每一个动作。正是这样的压力和责任感，把田得梅磨炼成为国宝级技术工人，磨炼成为国内为数不多的可以完成巨型精密装置吊装的桥机司机。

而在任何时候不动妄念，便成了她在工作和生活中，挡住那柄利剑的安全盾牌。

# 第四章 熬过生活困苦

## 突如其来的爱情

不知不觉间，来到向家坝工作的田得梅已经 24 岁，一不小心就成了工地上的老姑娘。尽管这些年来，在龙江水电站和向家坝水电站，有不少小伙子向田得梅表达过爱意；但田得梅都不为所动，总觉得自己年龄还小呢。

此时的田得梅，依然是那个业务上不服输、不怕苦，一心干好工作的田得梅；依然是那个生活上不拘小节，工作中一丝不苟的田得梅。

参加工作后，几年过去了，虽然她已经转战过三个水电站，但她骨子里这份淳朴踏实的本质没有变，踏踏实实工作、老老实实做人的初心没有变，热爱生活积极乐观的心态没有变，与日俱增的只是那择一事终一生的执着专注，是那干一行钻一行的精益求精精神。

作为一名普通劳动者，她之所以能心甘情愿地扎根在山沟里工作，默默坚守着，就是希望练就一身真本领，掌握一手好技术，能够活成自己的样子。

田得梅明白，要想精进自己的技艺，必须主动去配合起重班的师傅们的工作，而不是让他们遵从自己的习惯。

慢慢地，田得梅受到越来越多起重班师傅的认可。一上班，只要听说今天开桥机的是田得梅，吊装师傅们的心里就格外踏实。

通过口口相传，刚从三峡工程那边完成工作，调来向家坝的年轻起重工刘敦义，也知道了田得梅的大名。

田得梅的爱情，就是这么突如其来。

田得梅所经历的爱情，正是在封闭的矿洞这种特殊环境下产生的特殊情感，也是在这样特殊且封闭的环境下发生的一些特殊人物之间的故事。因为特殊，这种情感经历更值得珍视。

此时，田得梅对感情和生活的看法已经慢慢成熟。她一直认为要奔着结婚去谈恋爱，必须认真对待。谈恋爱的目的，就是两个人共同努力生活，把日子过好，把工作干好，把家庭维护好。

因为天天一起上下班，在向家坝施工现场，刘敦义是与田得梅打交道最多的吊装工。再加上两个人的口音特别相近，聊起天来就倍感亲切。

一天下班后到了食堂，摸清楚田得梅基本情况的刘敦义端着饭盆坐到田得梅对面问："'空姐'，你家青海的吧？"

田得梅也不抬头，只"嗯"了一声。

"互助的吧？"刘敦义有点刨根问底的意思。

田得梅也不愿意多说，又"嗯"了一声。

"真巧，我塘川镇的。听你口音，咱老家离得不远，亲不亲故乡人嘛，说不定还沾亲带故呢。"刘敦义似乎对自己辨别口音的能力非常自信。

没想到，田得梅依旧"嗯"了一声，仍然没有抬头看刘敦义。吃完饭，端着饭碗径自去冲洗了。

刘敦义见状，连忙跟在后边，顺手拿了两个食堂供应

中国电建
POWERCHINA
水电四局白鹤滩机电安装工程项目部党支部
党员攻关小组
白鹤滩工程施工区大党建工作统筹协调委员会
水轮发电机组安装
党员先锋号
白鹤滩工程施工区大党建工作统筹协调委员会
工人先锋号
放置区
中国电建
POWERCHINA
中国水电四局
中国电建
POWERCHINA
中国水电四局

田得梅夫妇

的餐后苹果揣进了兜里，跟着田得梅出了食堂，趁田得梅不注意，顺势塞到了她的手里，然后扬长而去。

第二天一早，田得梅正要爬楼梯上天车工作的时候，刘敦义又跑过来，悄悄地往她手里塞了一个苹果，然后转身离去。

随后几天，每天上班的时候，田得梅的手里总能拿到一个带着体温的水果。尽管她并没有说什么，但她的目光却开始不停追随这个身高一米七八的壮硕身影。

## 猝不及防的婚姻

田得梅本以为接下来会是一场非常甜蜜的恋爱，比如送个项链、戒指、手机什么的。可是，她期待的浪漫求婚环节并没有发生。

直到不久之后，刘敦义直接开口了："跟我结婚吧。"

"凭什么呀？"田得梅几乎是条件反射地问。

刘敦义却颇为得意地说："就凭咱俩是同龄人，既是初中同年级的同学，还是水电技校的同学。咱俩老家还村挨着村，说不定，咱俩真还沾亲带故呢。"

这下轮到田得梅吃惊了。在她追问之下，刘敦义才撂了实底。原来，刘敦义早就托人打听过田得梅的底细。打听来打听去，最后竟发现两人竟然是同一个初中同年级的同学。

更巧合的是，即便后来上技校，两人也是同学，只不过刘敦义比田得梅早半年上了水电技校。两人在同一所学校的不同专业和班级里，竟然互相不认识。

直到多年以后，两人才在千里之外的向家坝相识。刘敦义得意地问："你说，这是不是缘分吧？咱俩不谈对象，说不过去啊。"

这下轮到田得梅无言以对了，她不知道该拒绝还是该答应。

很快，春节临近了。两人一起坐飞机回到了互助老家过年。像他们这种工作的人，只有过年的时候才会放假一段时间，跟亲人有个团聚的机会。

没想到，刚回到互助第二天，父亲田有宝就把田得梅拉到一边问："我刚接到隔壁村老刘的一个电话。他说是已经找人把日子看好了，说你准备要跟他家小子订婚。这到底怎么回事儿啊？"

田得梅也摸不着头脑，问父亲："什么隔壁村的老刘啊？我不找对象，你也不用给我找。"

田有宝急了："老刘是我贩卖小猪崽的时候认识的朋

友，他说他儿子小刘跟你一个单位的。说是你俩谈对象，正好这次回来把亲定下来。他把你的生日时辰要去，找算命先生算过了，说再过几天就是订婚的好日子。”

在农村一旦订婚，这桩婚事可就板上钉钉了。田得梅还没来得及答应，双方父母却先答应了下来。

原来，他们两个村相距不过三里路。双方的父亲都是知根知底的朋友。

田得梅想去找刘敦义问个清楚，这下来不及了。

还没等田得梅表达意见，双方家长已经先见了面。田有宝一见未来的女婿刘敦义，身材高大，相貌英俊，他一眼就相中了。订婚的日子也随之定了下来。

田得梅当然并不知道，刘敦义接待岳父的时候，老刘家爷俩拿出了互助生产的最好的天佑德青稞酒。一顿好酒，就把田有宝灌得迷迷糊糊，心花怒放地答应了这门亲事。

田得梅还是觉得有点太仓促了。她去找刘敦义，刘敦义双手一摆说：“反正你我不同意也没办法了。双方家长都同意了，亲戚朋友都请了，日子也都定好了，你说怎么办吧？”

田得梅还是觉得，人生大事稳妥点才对，不能这么草率。

田得梅的爱人刘敦义（右）

刘敦义赶紧哄着田得梅说：“我是这么想的，你看你又漂亮又水灵，又美丽又大方，只有我这种又威武又爷们儿，又厚道又实在的人配得上你。要不是你这么通情达理，我上哪找你这么好的媳妇啊，是吧？再就是，双方父母都知根知底，离得那么近。将来，咱们结了婚有了孩子，双方父母都能帮咱们带孩子，多好的一件事啊。”

这时候的田得梅也不知道怎么办才好，干脆心一横说：“行吧，订吧！反正咱们一年也就过年的时候回来一趟，再拖又是一年。”

很快，按照本地的风俗，双方家长见了面，讨论起了买什么“三金”，备什么彩礼。

订婚不久，刘敦义就趁热打铁地把田得梅娶进了家门。

后来，工友们请教刘敦义，靠什么手段追到田得梅的。刘敦义不无自豪地说：“好人品，是找对象的第一要素。咱没别的，就是真诚，言行一致，没有虚情假意，只有踏实安心。追女孩，没有什么道路可以通向真诚。因为真诚本身就是最好的道路，最好的技巧。”

## 飞刀与耳勺

刘敦义做人，的确跟他的名字很合拍，敦厚仁义，对人坦诚相待，用最朴实的方式与人交往。

田得梅知道刘敦义信得过，也靠得住。但同时，刘敦义要浑气人的时候，也让田得梅忍不住飞出一把菜刀。

那时，田得梅家有了两个孩子，一个上小学，一个还在幼儿园。因为与丈夫刘敦义常年在工地上，两人一年到头回不了几次家。但好在家中老人都能支持他们，帮忙带着两个孩子。

只有到了过年的时候，田得梅两口子才回到老家，在家里多待几天。在这难得团聚的时光里，她抢着帮公公婆婆刷过几次锅，陪孩子做了几次作业，享受一下难得的天伦之乐。

田得梅的孩子很小。孩子刚学着走路的时候，休假回家的田得梅给孩子脱衣服睡觉，换睡衣的时候突然发现孩子右胳膊上一大片燎泡。

田得梅心疼得眼泪汪汪地抱着孩子哭，哭得刘敦义心烦。刘敦义转身去问母亲，一问才知道，前不久爷爷在桌子上放了个保温杯，里头刚灌满开水，一扭头小娃娃就把保温杯推倒了，里边的水全洒在了孩子胳膊上。

老两口连忙带着孩子去医院。孩子的胳膊上虽然起了很大的水泡，但烫伤面积不太大。医生处理完就让老两口带着孩子回家了。

可是，回家后的老两口犯难了，跟儿子、儿媳妇说吧，又怕儿媳妇担心，说了也解决不了问题。两口子一合计，反正这事情解决完了，就别说了吧。过几天小两口回来，孩子的伤也差不多好了。

可田得梅回家当晚就发现了端倪，这件事也就瞒不住了。

搞清楚原委后，田得梅也不好说什么，反而大度地安慰老人别放在心上。田得梅清楚，老人这些年帮自己看孩子，尽心尽力，挑不出毛病，也不能挑毛病。可毕竟是自己的娃娃，那么小就烫成那样，田得梅心里不好受，只能委屈得自己偷偷躲在房间里哭一鼻子。

田得梅也不是那种多愁善感的女人，但作为母亲，她总有母爱泛滥的时候。

比如过年回老家的时候，田得梅总觉得难得回老家一次，每次都忍不住进行报复性消费，给孩子买各种吃的穿的。

公公婆婆也注意到了，儿子、儿媳妇回家过年的那一段时间，孩子就会突然之间不上饭桌吃饭了。

老两口早知道其中的原因：田得梅每次带着孩子上街

的时候，总是想方设法给孩子买些吃的。她以为是为孩子改善一下伙食，但是，一个孩子刚在外面吃进去十几串羊肉串，回家怎么可能还吃得进去？

可是，看到孩子又不上桌吃饭，田得梅还忍不住训斥孩子。孩子非常痛苦地捂着小肚子，却又不知道怎么表达。

最让田得梅后悔的是，有一次她带孩子去游乐场玩，给孩子买了三个红柳羊肉串，等孩子吃完，她想带着孩子游玩的时候，孩子却捂着肚子一直喊疼。

田得梅连忙把孩子送到医院。医生一看孩子圆鼓鼓的小肚子就说："你想撑死尕娃啊？肠梗阻，以后再也不能这么喂孩子了。"

这一次，轮到她自己对公公婆婆隐瞒了。要是老人知道田得梅给那么小的孩子喂了那么多酸奶和羊肉串，那还不心疼死啊？

后来，田得梅再带着孩子出去玩的时候，总是揣上一盒健胃消食片。

与田得梅对孩子的亏欠不同的是，田得梅对丈夫没有亏欠。因为结婚后她和丈夫刘敦义大多数时候都分配在一个项目组，加上项目组在居住方面有提供夫妻房的传统，

田得梅的两个孩子

所以在他们离开家乡在外工作的日子里，小两口总是在一起工作生活。虽然处于偏远地区，但两人的生活还是非常惬意的。

在工作中，夫妻两人的配合是非常重要的。结婚前，他们经常在一起练习天车吊装技术，以提高配合度。这种配合不仅是工作的需要，也是组织上的安排。他们的工作时间很长，一般要从上车一直工作到下班，有时还需要加班。

但在结婚之后，刘敦义在工作上就不像之前那么有耐心了。在夫妻配合的工作中，有时他会因为田得梅的失误或疲劳操作而产生情绪，比如，刘敦义不止一次气得摔手套，嘴里嘟囔着什么，不过田得梅倒是没听到。

刘敦义担心田得梅操作失误，又担心可能导致严重后果，所以总是不太给田得梅好脸。一般情况下，田得梅只要在刘敦义面前一凑，摸摸脸，戳戳腰，偶尔给他兜里塞一把零食，刘敦义就会腼腆得不好意思再说什么了。

当然，有时候田得梅小脾气上来，也会故意不理刘敦义。但她明白，刘敦义之所以着急甩脸子，是提醒她必须要有高度的责任心，工作时不能走神，要时刻保持警惕。

夫妻搭档在工作中有很多优势。因为两人互相熟悉，对方的一个小动作就能知道对方要干什么，因此，夫妻搭档提升了工作效率和准确率。这种默契是别的搭档比不了的。他们互相配合，使得一加一的工作效率大大提高。

需要配合的工作，熟悉的人几句话就能说明白，不熟悉的人则需要费很多口舌。因为两人配合熟练，所以工作速度大大加快，吊装的准确率高，安全系数也随之提高。在刘敦义的配合下，田得梅和天车班慢慢总结出一套高标准的工作流程，提高了工作标准化。

虽然工作上两人能相互配合，但在生活中两人却时常拌嘴，但绝大多数情况下都是口齿伶俐的田得梅占得上风。实在理亏的时候，田得梅还有一个绝招：回到宿舍之后，坐在床上拍拍自己的大腿说："来来来，我给你掏个耳朵。"

这个时候，无论刘敦义嘴巴再硬，耳朵早已软了下来，只好乖乖地把整个脑袋交给妻子。

每次给丈夫掏耳朵的时候，田得梅还不忘灌输自己的一套理论："我跟你说吧，你好好听清楚，以后对我好一点。好点呢，我就给你掏掏。不听我话，我给你的耳朵塞上驴毛。"

这时候的刘敦义哪里还顾得上反驳，一边哼哼着享受，一边嗯嗯地答应。他自己也有自己的主意，反正先答应下来，舒服一会儿是一会儿。该不听媳妇的时候，照样不听。

刘敦义唯一不听媳妇的，并且屡教不改的一个习惯就是喝酒。有时候喝完了，不是吵吵嚷嚷着打牌，就是缠着媳妇不停地絮絮叨叨。

这在田得梅眼里，就是男人最不可饶恕的毛病：耍酒疯。

对于喝酒，男人和女人的看法是不一样的。比如，在工作或者生活中受了委屈，不敢对领导或者他人发作，男人就会习惯憋在心里。

男人憋屈久了，自然需要一个出口：为了发泄这些憋屈，就找个机会喝点酒解闷。喝酒之前的男人往往跟绵羊一样，但很多男人喝酒之后，就变成了虎狼。男人喝完酒摔盆子摔碗，耍酒疯骂老婆的情况，是见怪不怪的。

但是，这对田得梅来说，却是无论如何不能容忍的。

田得梅清楚，在水电站建设现场，工作之余的生活是非常枯燥的。除了窝在床上刷刷手机里的短视频，就是几个老爷们相约在附近转山。周边的穷山恶水转烦了，再回来睡觉。到了晚上睡不着的时候，那就只剩下喝酒、打牌了。

为了帮助丈夫戒酒，田得梅想了很多办法。最后，她找到了一个办法，让刘敦义考技术员。

田得梅叮嘱刘敦义说：“公司有激励制度，考上技术员一年就能多赚四万块钱，拿到证书可以有机会当项目经理。为了我，为了咱家孩子，再难考你也得硬着头皮考。”

刘敦义心里说：“我哪里是学习的料啊？你这可是下错药方了。人家说，家庭不是讲理的地方，我懒得跟你讲道理。我无非就是喝点酒而已，用得着这么兴师动众地戒酒吗？”

可田得梅叮嘱刘敦义说：“我给你找来这些专业书籍，你得好好学。我们现在机遇也好，一线技术工人是会卖力干工作，但会看图纸的特别少，懂技术的更少。你看人家李海平大哥，就是靠自学当上的技术员。你得像李海平大哥一样进步才行，咱们全家可都指望你呢。”

李海平是刘敦义和田得梅共同熟悉的一位老大哥，下一步我们会详细介绍，这里暂且按下不表。

听完媳妇的大道理，刘敦义一脸委屈，又无可奈何。

田得梅找到了一堆资料，但刘敦义根本就没放在心上，为了不惹恼爱人，他当着田得梅的面拿过书来看上几眼。一看田得梅出门了，他马上扔下书，该干什么干什么去了。

这一天，刘敦义和田得梅正巧没在一个班。田得梅上工前对刘敦义说，要帮同事加个班，深夜才能回来，让刘敦义好好在宿舍里读书。

刘敦义点头如啄米。可到了晚上七点多，同事来叫他去喝酒，刘敦义一琢磨，喝完酒上床一睡，田得梅回来肯定半夜了，他早就睡了一觉了。

于是内心强大的刘敦义，就屁颠屁颠地跟兄弟们喝酒去了。这场酒喝得昏天黑地，早把妻子的嘱咐抛到九霄云外了。

等兴尽归来的刘敦义歪歪扭扭回到宿舍，见田得梅正在切西红柿煮面条，他不知道做宵夜的媳妇正生着闷气，还嘟囔着喊："痛快啊痛快，酒是粮食精，越喝越年轻。"

此时，醉酒中的刘敦义哪里知道，刚烈如火的田得梅闻到他的酒气，怒火瞬间被点燃了。刘敦义还没反应过来，只听嗖的一声，田得梅手里的菜刀就扔了出去。

醉眼蒙眬的刘敦义，根本没注意到耳边飞过什么，嘟囔着往床上一躺，倒头便睡。

看着丈夫烂醉如泥的样子，田得梅忍不住委屈地哭了半宿。

直到第二天早上，消了气的田得梅才感到后怕。万一那冲动之下飞出去的菜刀，真砍伤了丈夫，那可怎么得了。

从那以后，无论受了多少委屈，田得梅都努力控制自己的情绪。

直到接受采访的时候，田得梅笑着讲出这个细节，刘敦义还摸着脑袋说："我怎么不记得这回事儿呢？"

## 水电四局的前世今生

在讲述田得梅最精彩的故事之前，我们必须将田得梅的故事进行铺垫。但她一个人的故事，还不能代表所有水电人的付出。为了更好讲述水电建设者的故事，我们需要挑选出几片"绿叶"，来衬托田得梅这朵"红花"。

在这些"绿叶"中，我们选中了陪同田得梅采访的李海平。

水电四局的全称是中国水利水电第四工程局有限公司，成立于 1958 年 10 月。在官方的介绍中，水电四局是服务全球能源和基础设施建设，集建设施工、勘察设计、制造安装、运营管理、投融资等为一体的综合性大型中央企业。总部设置职能部门 15 个，直属二级单位 10 个，全资子公司 13 个，控股公司 2 个，现有职工 8000 余人。

水电四局不止建设水电站这一项工作，业务范围之广超乎大多数人的想象：广泛涉入水利、铁路、地铁、公路、房建、新能源等业务领域。

水电四局发轫于刘家峡水电站。这是新中国第一座百万千瓦级水电站。在几十年的发展过程中，水电四局先后承建和参建了三峡水利枢纽、白鹤滩水电站等 140 余座大中型水电站，水电总装机已超过国内水电总装机的十分之一。

1958 年初，水电部成立刘家峡水力发电工程局——水电四局的前身，承担刘家峡和盐锅峡两个水电站的施工任务，并拟定了“两峡同上马，重点刘家峡，盐锅峡先行，八盘峡后跟”的施工方案。

刘家峡水电站工程于 1958 年 9 月 27 日正式动工兴建，当时是关乎国家命运的 156 个重点工程之一。1961 年因国家经济调整缓建，1964 年复工。当时，我们国家刚刚度过三年困难时期，那时候的建设方针是“先生产，后生活”，因此刘家峡水电站的施工条件异常艰苦。当时的重点任务是打导流洞。工程局组织了两个开挖队对着打，任务重、工期紧，职工们克服了不少困难，日夜奋战。经过 15 个月的艰苦奋战，导流洞终于打通了。

1966 年 3 月 19 日，邓小平、李富春等国家领导人来视察刘家峡水电站。当时，邓小平激动地说："没想到工程搞得这么快，搞得这么好！"

在刘家峡建设初期，原中共中央总书记、国家主席、中央军委主席胡锦涛和夫人刘永清，在 1968 年至 1974 年的 6 年间，参加了刘家峡和八盘峡两座水电站的建设，奉献了他们的青春年华和聪明才智，为水电四局留下了宝贵的精神财富。

除此之外，水电四局还先后承建了京沪高铁、深圳地铁、西藏林拉高速、青海海东高铁新区等标志性工程。

水电四局围绕"行业龙头建设者、绿色建筑先行者、区域经济服务者、全球经济参与者、社会责任践行者"的战略定位，倡导"勇立潮头、勇挑重担、勇往直前、勇创佳绩、激情作为"的价值追求，为打造"综合实力最强、品牌形象最佳、发展质量最优、幸福指数最高"的龙头企业不断努力。

水电四局获得的荣誉也足够辉煌：先后获得国家及省（部）级以上科技成果奖 200 余项、专利近 500 项，13 项核心技术处于国内或世界领先水平，承建的多项工程捧得“鲁班奖”“国家优质工程金奖”“国家科技进步奖特等奖”等国家和行业的重要奖项，多项工程入选“中华人民共和国成立 70 周年工程建设行业 100 项经典工程”。

而在个人荣誉方面，田得梅获得“大国工匠”，无疑为水电四局增加了浓墨重彩的一笔。

介绍完水电四局，就要介绍水电四局的李海平了。

李海平是甘肃西固人，家族本来是祖辈中医。但在新中国成立后，急需年轻力壮的青年人建设国家，于是李海平的父亲便成为刘家峡水电站建设的第一代水电四局职工。

李海平，1976 年出生，大学本科学历，自 1996 年 7 月踏入工作岗位以来，便以一颗热忱的心和不懈的努力，在水电领域书写属于自己的辉煌篇章。

李海平，这个从班长一步步成长起来的项目经理，他的成功绝非偶然。他脑子灵活，善于思考，多年的一线工作经验让他积累了丰富的实战智慧。

2021 年，恰好公司承接了湖北新集一个小型水电站工程，分局就安排李海平担任了项目经理。

李海平性格和善温和，因为长期在一线工作，很多一线工人都愿意跟他打交道，加上他有想法有主见，和各个部门的关系都很好，所以一线的工友也愿意把他当兄弟，有什么事情也都想听听他的意见。

新集水电站工程体量大、施工任务紧，白天现场施工时他经常督战在工地一线。为了加快施工进度，缩短施工周期，他每晚都在研究图纸，优化工序，经常工作到很晚才休息。加班是他工作的常态，偶尔因为一个问题，通宵达旦地研究也是家常便饭。施工班组的成员曾这么说："每天晚上 11 点甚至凌晨 2 点，还看到李经理在群里发工作相关的文件、图纸，看着都心疼。"他用实际行动潜移默化地影响着周围的同志，深刻诠释了什么叫以身作则。哪里有困难，哪里就有李海平的身影。正是这种勇于担当的精神，才使他圆满完成了新集水电各项节点的目标。

在任汉江新集水电站机电设备及安装工程项目经理期间，他更是大展身手。在李海平的领导下，2023 年新集水电站 4 台 30MW 机组完成 3 台安装，其中 1 号、2 号机一次性通过无水有水试验，一次性开机成功，一次性通过 72 小时试运行。后经襄阳市水利工程质量监督站等单位验收，机组各项性能指数优良率为 100%，是当之无愧的"精品机组"。在面对设备供货和其他因素导致工程滞后 6 月有

中国电建
POWERCHINA
热烈祝贺全球首台百万
中国电建
POWERCHINA

DEC
东方电气
DONGFANG ELECTRIC
发电机组转子吊装
中国电建
POWERCHINA
国水电四局

田得梅（左二）和同事

余的困难时，他从不抱怨，只顾埋头苦干。他始终坚持以工期履约为目标，从挂图作战、倒排工期、推演两班制可行性到优化施工方案以求缩短施工周期，最终他做到了。2023 年 9 月 11 日，首台机组比计划工期提前 29 天正式并网发电，赢得了业主单位的强烈赞许和经济奖励 180 万元，并在当天为公司送上感谢信。同年 11 月 26 日，2 号机组正式并网发电，其间仅间隔 77 天，施工周期亦是领先行业水平。次年 3 月 31 日，4 号机组再次保质保量地提前完成节点目标，得到了业主的一致认可和再次给予公司经济奖励 110.04 万元。他始终注重合同履约，以高度的责任心和敬业精神赢得了业主的认可。2023 年，李海平所在的团队被业主评为优秀项目部、优秀集体，而李海平也被业主和分局评为优秀负责人和优秀项目经理。

## 水电人的共同牺牲

我不是为讲述水电建设者的奉献故事而故意煽情。现实情况是，在任何一个水电站的施工现场，几乎每年都有一线员工的父母或者至爱亲朋去世。但他们远在外地赶不回来，有时候即便赶回家，亲人的身体已经凉透了。

在一线建设工地，早年间还有一批又一批的水电建设工人，把生命的最后时光留在深山和长河之间。近几年来，随着安全措施的不断加强和科学技术的进步，工地上死人的事情才很少发生。

李海平讲过一个令人心酸的小细节。有一次在外地长期工作回家后，年幼的孩子见他到了晚上还不离开，就学着大人的样子端了杯水，放在李海平面前说："叔叔，你走吧，我跟妈妈要睡了。"

后来，孩子慢慢长大了。知道李海平在外地工作，他给父亲留下的微信中说："爸爸，你回来打我一顿吧，我想你了。"

这个小段子在水电四局的职工之间广为传播。

为了支持一线员工的工作，水电四局的每个家庭都付出了很多很多。

以田得梅夫妇为例。两个人结婚时，考虑到两人年龄并不大，便商议好先努力工作几年再要孩子。因此，两人婚后最开始的工作并没有安排在一个项目组。

几年之后，在家人的催促下，两人才把生育提上议事日程。但这时候，刘敦义和田得梅又没有分在一个项目组。相隔千里的两口子，不在一起怎么要孩子呢？

最后，刘敦义不得不去找到项目经理说："你看这样行不行，我和小田老大不小了，都是咱们内部人员。您给通融一下，让她来咱们这边工作，边工作边备孕，什么时候怀孕了再说，怎么样？”

项目经理通情达理：“两口子不在一起，哪有机会怀上小孩呢，这事儿必须办。”

水电四局在照顾夫妻员工方面，做得很有人情味。在每个工地上，基本上都安排了夫妻房。在一线，像田得梅和刘敦义同在一起做一线工作的夫妻，大约占十分之一。

随后，刘敦义和田得梅就被安排在黄河壶口瀑布附近的一个项目组工作。田得梅好不容易怀上了孕，眼见妻子的肚子越来越大，刘敦义又开始犯愁了。

要是孩子生在建设一线，听起来很浪漫，现实却很残酷。且不说建设一线的晋陕大峡谷附近，医疗卫生条件相对差一些，只说在工地上坐月子也没人照顾啊。

另一个难题是，要是田得梅怀孕几个月就回青海老家，不仅假期没那么长，也耽误工作啊。最后，田得梅只能等到怀孕七个月的时候，才从一线赶回西宁生孩子。

而刘敦义只能留在水电建设一线，请父母放下地里的农活，去照顾怀孕生产的妻子坐月子。

孩子出生几个月后，田得梅要回单位上班，刘敦义考虑了许久才说："我长期不在家，小孩谁来照顾？不能把不会说话的娃娃扔给父母吧？我已经对不起你了，不能再对不起孩子。咱们俩只能牺牲一头，你就回家专心带孩子吧。"

田得梅紧紧咬着嘴唇，斩钉截铁地含泪说："我不！你到哪儿，我就到哪儿！"

由于拧不过妻子，刘敦义也只能无奈地点点头。从此之后，他们的孩子就成了留守儿童。刘敦义的父母也放下手里的农活，由农民变成了专职带小孩的全职保姆。

孩子慢慢长大后，刘敦义也面临着难以克服的家庭困难。他们的户口不在西宁，孩子也上不了西宁的公立学校。为了小孩读书，两人拿出这些年的收入加上全家凑的钱交了首付款，在西宁市购买了一套100平方米的房子。

因为买房的时候剩下的钱不够装修费，直到两年后，两人赚够了装修房子的钱，全家才搬到人地生疏的西宁生活。

等刘敦义和田得梅在西宁买房子的时候才发现，他们辛辛苦苦十几年赚到的钱，在西宁买套房子，除了交首付，还要偿还一笔几十万元的贷款。

本来，田得梅两口子和孩子一直在老家，生活上还会宽裕一些。但现在牵扯到孩子上学的问题，全家不得已才搬到西宁。

而田得梅夫妇一年能在西宁生活的时间是非常短暂的，只有过年回老家一趟，时间也就是半个月到一个月。当然，像刘敦义和田得梅这种情况的双职工，在水电四局非常多，这也是无可奈何的事情。

这是现实的窘迫，也是一代又一代水电人这个特殊群体的奉献与牺牲。

衡量一个人是否成熟，不仅要看他登到顶峰的高度，还要看他跌到谷底的反弹力。心态好的人，面对工作和生活的挫折能够灵活应对。他们有勇气去改变可以改变的，有肚量去接受不能改变的。

在人生的旅程中，每个人总会经历生活上的各种艰难困苦，但我们依然要坚持不懈地走下去。吃过生活的苦，才能在困境中找到人生转机。逆境见心态，能扛事能成事，面对失败不言弃的人，往往能苦尽甘来！

# 第五章 长江之上白鹤滩

## 白鹤滩上白鹤飞

前边讲过田得梅太多在黄河边的故事，现在该轮到讲她在长江边的故事了。

在人类水电建设史上，三峡水电站排名世界第一，白鹤滩水电站排名第二。而在建设过程中，白鹤滩水电站的六项技术指标位列世界第一。

一江清水，两岸青山。白鹤滩水电站高耸在高峡平湖

中国水电四局员工在白鹤滩水电站建设工程上

精确调度 精益运行 精心维护 做白鹤滩电站大国重器坚定守护者

之间。16 台目前世界上单机容量最大的百万千瓦水轮发电机，就安装在这两岸青山之中。到 2022 年底，白鹤滩的这 16 台百万千瓦水轮发电机组全部投产发电。

大家都知道，发电机是水电站的核心。白鹤滩第一台发电机的吊装，就是田得梅完成的。

2019 年 10 月，中国水电四局白鹤滩机电安装工程项目部成立。经过 2016 年到 2019 年在葛洲坝机组检修项目部的锤炼，水电四局考虑人员安排的时候，首先想到了田得梅。

此时，田得梅刚完成葛洲坝的工作回到青海不久。接到任务后，她只能将家中两个年幼的孩子托付给父母。然后来到白鹤滩水电站，挑起天车班的大梁。

水电四局安装项目部负责白鹤滩左岸水电机组的安装工作。项目开工初期，白鹤滩水电站左岸安装间的场地，被各种土建杂物大面积占用。水电四局项目部想要尽快施工，就必须将场地及时腾出。但土建方因为工期紧张，无法腾出人手清理场地，所以这项工作迟迟未能开展。

场地清不出来，安装工作就没法展开，所有工作就会窝工。工程项目部综合部主任张亮面对这种局面，只能在清场工作中挑选良将。

这时候，田得梅是项目部唯一到位的天车司机。面对眼前忙碌又有些杂乱的工地现场，田得梅倒是觉得这是很常见的，和之前的各种项目并无区别。

张亮问田得梅："场地清不出来，咱们的各种安装材料就运不进来。这些工作都需要天车配合，现在天车就你一个人，你说怎么办？"

田得梅说："来都来了，办呗。你指到哪儿，我打到哪儿！"

张亮又问："清理垃圾和将设备材料运进来的吊装重任就靠你一个人啦！你那腰椎间盘吃得消吗？"

田得梅笑了，拍拍自己的腰说："没问题，我争取不会倒下！咱们水电四局的口号不是说吗，团结一条心，石头变成金。只有自觉贡献，才有公司的辉煌。"

为了争取更多时间完成项目吊装任务，田得梅主动加班加点。由于时间紧任务重，田得梅经常两个桥机轮换着开，以每天超过 12 个小时的高强度作业时长，在短短几周时间里，完成了项目前期材料设备倒运和场地清理等工作。

田得梅清楚，水电四局奉行的工作宗旨是：团队精神，是企业文化的核心。明确工作标准，品质一定会更稳。只有勇于承担责任，才能承担更大的责任。

## 鸡蛋教学法

鸡蛋，从外边打破是压力，从内部打破是新生，是成长。一个人想要改变自己，靠的是自己而不是别人。当我们想要改变自己的时候，就会从内生发出一种坚定的意志力。内心会告诉我们想要干什么。然后，我们就会积极地按照内心的指引，朝着自己的人生方向走下去。

在接下来的工作中，为了壮大白鹤滩安装队伍，水电四局项目部先后从各地调来十几个天车司机，并成立了天车班。这些天车司机虽然有老同志，但半数还是刚入行的新手。此时的田得梅也早已从徒弟变成了别人的师父。

天车班的工作经验，都是通过口传心授的传帮带，在实践中一点点积累起来的。因此带徒弟时，田得梅必须毫无保留地将自己的所学传授给徒弟。田得梅先后带出来接近十个徒弟，现在他们已全部能够独当一面了。

那么，田得梅是怎么带徒弟的呢？她的独门绝技是“鸡蛋教学法”。

一天，在徒弟邓满平面前，田得梅从桌上拿起一枚鸡蛋，缓缓地说：“你看吧，这是一枚普通的鸡蛋。训练时，我总会随身携带着它。因为，它是我们提高吊装精准度的关键道具。老话都说别拿鸡蛋碰石头，仿佛鸡蛋和石头是对立的存在。你可能会有疑问，鸡蛋和我们的吊装又有什么关系呢？今天我们就要拿鸡蛋去碰一碰石头、碰一碰千锤百炼的钢铁。”

吊装大型精密仪器，不仅不能有哪怕是几毫米的误差，还需要在视野被遮挡的情况下，不差毫厘地完成这一庞然大物的精细操作。

要想解决这样的难题，难免需要操作者强大的心理素质与过硬的技术。而如何锻炼他们，田得梅则用起了常见的鸡蛋。

田得梅清楚，几年后天机操作最大的挑战是吊装世界上最重的转子，这就必须尽快带出一支能打硬仗的队伍。然而，她教徒弟拿来练手的却是易碎的鸡蛋。因为，她要让徒弟通过最脆弱的物体，来感受毫厘间的变化。

田得梅对邓满平介绍这套独特的训练方法时说：“鸡蛋训练法，就是把鸡蛋搁在天车下地面的台子上，然后操控天车用主钩底座下方的双面胶把台子上的鸡蛋粘起来。如果鸡蛋破了，那说明速度和力度都控制得不够到位。”

这一番解说，直接把邓满平惊呆了。用吊装一千多吨

白鹤滩水电站
中国三峡
电第四工程局有限公司

田得梅（前一）在开班前会

的天车去碰一个鸡蛋，还要用鸡蛋和吊钩的接触，感受毫厘之间的变化，从而减小实际操作中的误差。这种操作的成功率几乎是微乎其微的。

邓满平忍不住嘟囔着问："那得浪费多少个鸡蛋啊？要不咱用熟鸡蛋吧，只要压不坏，也不浪费，咱还能吃呢。"

"就用生鸡蛋，这是训练专注与细心的最好方法。"田得梅努力板着脸对邓满平说。

田得梅把邓满平等几个徒弟带到工作现场，然后对邓满平说："你上去试试。刚开始压碎鸡蛋没关系，不要怕，越怕越容易错。你不用担心压坏了浪费。想得多了，操作就会不稳当。我知道，你担心的不是操作失误压坏鸡蛋，怕的是技术不够怕我笑话。你有耐心刻苦地练就行，我也是这么练过来的。以前，我师父教我的时候是让我练绣十字绣，这也是一个手眼并用的功夫，可以让自己静下来。在这方面，绣十字绣跟操作天车也是差不多的。"

为了提高徒弟的技术，田得梅经常带着她们起早贪黑地训练。田得梅主要的训练科目是，天车主钩的双面胶粘住鸡蛋而不碎，以此让徒弟们感受天车主钩与吊装物体接触时毫厘间的变化。

正是天车主钩下那一颗颗破碎的鸡蛋，铸就了天车班姐妹们坚硬且不易破碎的内心。

田得梅还注意到，鸡蛋还有一个特性，那就是单手紧握却不容易捏碎。这是因为鸡蛋的椭圆结构能够分散压力。在每一次的训练中，田得梅都叮嘱徒弟说："你们也一样，要学会在操控天车的时候卸力，不让自己背负太多，要让自己静下来。将来，你们还会接手更多更困难的大型吊装任务。如果在这个时候都怯场了，那未来还怎么继续走下去呢？记住，只有不断地尝试与坚持，才能找到成功的路。现在迷茫不要怕，胆大心细勇敢地向前冲就好了！"

因为经常在训练的时候与鸡蛋打交道，有些时候田得梅觉得这小小的一枚鸡蛋跟自己挺像的，外壳坚硬不易被外力压碎，但内心非常柔软。

田得梅从鸡蛋中感悟着自己的人生，努力让自己的外壳坚硬起来。顶不住的时候，她就想办法卸力，争取不让自己被工作和生活的困难压碎。

其实，这么多年来田得梅也是这样。在踏入天车正式作业的时候，她也会有压力，但她是个乐观的人。她自己的勇气，领导同事的鼓励都可以帮助她，像鸡蛋一样把各种压力给分散掉，让她心无杂念地专注到操作上。

十几年来，田得梅的从容淡定就是在一次次的训练中养成的。能把操控天车的技术刻进肌肉记忆的，其实就是两个字：磨炼。

对田得梅而言，执着专注、精益求精、一丝不苟、追求卓越，是对工匠精神的最好诠释。

在白鹤滩，这五名跟着田得梅学习的学徒，很快在实践中成长为独当一面的天车司机。

后来田得梅在采访的时候，说了一段非常有哲理的话："不是我的能力决定了我的命运，而是我的决定改变了我的命运！多和优秀的人在一起，走着走着就上道了！多和积极阳光的人在一起，走着走着就笑了！"

## 大国重器

前面所有的一切都是铺垫，接下来需要说一说白鹤滩水电站了。

白鹤滩的水电工程建设，不亚于著名的三峡工程。这里开凿的水电厂房山洞非常大，安装机电所使用的是起重 1300 吨的桥机。操作如此巨大的桥机，田得梅也是第一次。

白鹤滩左岸机电安装项目工程部，为此正式成立了天车班，这个班包括班长田得梅在内，共有10名成员。天车班女工中，年龄最小的只有21岁，平均年龄26岁。她们承担着白鹤滩水电站左岸的吊装任务，包括8台单机容量百万千瓦水电机组，各种辅助系统设备和物资材料。

白鹤滩水电站位于四川省宁南县和云南省巧家县交界的金沙江河道上。这座总投资2200亿元的大型水电站，是实施“西电东送”的国家重大工程，也是当今世界规模最大、技术难度最高的水电工程之一。

从20世纪50年代起，国家就开始准备建设白鹤滩水电站，经过多年努力，白鹤滩水电站终于于2010年开始筹建，2017年主体工程全面开工建设，2021年6月28日首批机组投产发电，2022年12月20日全部机组投产发电。

白鹤滩水电站安装了16台全球单机容量最大功率百万千瓦水轮发电机组，总装机容量1600万千瓦，每年平均发电量约624.43亿千瓦时。

按照我们老百姓家庭用电的价格，粗略算下来，白鹤滩一天的发电量大约能值一亿元。

白鹤滩左岸有8台发电机组。第一组吊装任务自然落在天车班班长田得梅身上。而后续的吊装，则要靠田得梅和她的姐妹们共同完成。

白鹤滩水电站不仅是中国的重大工程，在全球水电站中也占有重要地位。它的建成标志着中国在长江上全面建成世界最大清洁能源走廊。

这个清洁能源走廊由长江干流上的乌东德、白鹤滩、溪洛渡、向家坝、三峡和葛洲坝六座梯级电站共同构成，总装机容量达7169.5万千瓦，相当于三个三峡工程的装机容量，年均生产清洁电能约3000亿千瓦时，可满足3.6亿人一年的用电需求。

领导之所以把这个担子交给田得梅，是因为在长江上的六座大型水电站的工程中，田得梅已经在向家坝和葛洲坝工程中历练过六七年。因此，这次的白鹤滩工程吊装一号转子的任务，非田得梅莫属。

中国在白鹤滩水电站技术上取得了重大突破。水电站的许多关键技术达到了世界之最，尤其是16台机组完全由中国企业设计、研发、制造、安装和运维。这些成就不仅展示了中国在高端装备制造领域的实力，也体现了中国在水电领域的自主创新能力。

这里，我们公开一个可以公开的数据，白鹤滩水电站大大小小的洞室总长度达217公里。左右两岸用于发电的厂房，分别位于两岸山体内，由16台单机容量100万千瓦水轮发电机组成。

其中，田得梅所在的左岸地下厂房总长 458 米，右岸地下厂房总长 453 米。两岸厂房吊车梁以上开挖宽度 34 米，吊车梁以下开挖宽度 31 米，总开挖高度 88.7 米。

这里之所以要用数据说话，就是要着重说明，白鹤滩地下厂房洞室群规模、厂房跨度、调压室直径和数量，均居世界水电工程之首，同时也让大家从数字上感受一下这个工程的巨大。

田得梅所在厂房的室内竖井直墙开挖高度为 57.92 米到 93 米，竖井加上室内顶拱最深为 127 米，相当于 40 多层楼房的高度。

核心的 100 万千瓦水电机组，单台机组高 50 米，重 8000 多吨。每台机组运转一个小时发出一百万度电，可满足一家人 400 年的用电。

也就是说，左岸的 8 台机组，需要田得梅和她的姐妹们，一件一件地去吊装安装完成。

当然，白鹤滩水电站还创造了很多世界第一。其他与田得梅无关的世界第一我们撇开不谈，只谈一下白鹤滩的百万千瓦水电机组。

这是全球单机容量最大功率的百万千瓦水轮发电机组，

在制造安装上没有先例可以参考，犹如攀登水电行业的珠峰。建设者攻克了发电机组结构、水力设计、发电机通风、机组总体设计等一个又一个技术难题，把核心技术牢牢掌握在企业自己手中，实现了中国高端装备制造的重大突破。

也就是说，每一台机组都是大国重器！

## 惊天一吊

时间来到2020年8月18日，这是一个刻意选择的吉利日子。就在这天，白鹤滩水电站全球首台百万千瓦水电机组转子开始正式吊装。

这里必须先说明一下吊装的难度。

一是重量。作为水轮发电机组核心部件之一，转子是机组安装过程中重量最大的部件，起吊重量约2100吨。吊装的难度之一在于，左岸地下厂房内部的桥机，最高核定载重量是1300吨。也就是说，一台桥机根本吊不起来，需要两台1300吨的桥机相互配合才能完成吊装。简单点说，就是要把两台桥机并联起来，让一个人同时操作两台桥机同时起吊。两个桥机同时吃力总会有微小的误差，却要同步完成动作吊装这个庞然大物，怎么掌握平衡？怎么同步运行？这是第一个难度。

二是速度。在吊装过程中，两台桥机需要保持步调一致，以每分钟 7 米的速度前进，快一点不行，慢一点也不行，必须牢牢控制住这个庞然大物的惯性，不能有丝毫偏差。这是第二个难度。

三是距离。先说转子和定子。定子是电机中固定好的那一部分，通常由铁芯和绕组组成。官方的说法是，定子上的绕组通过电流产生磁场，与转子的磁场相互作用，从而产生电磁力。定子的主要功能是产生一个固定的磁场，为转子的旋转提供动力。

这么通俗一点说吧：定子是放在下边的一个槽，转子是电机的旋转部分。再做一个不算很恰当的比喻吧，绝大多数人都拧过螺丝，如果说螺母是定子，螺栓就是转子，它们两个拧在一起才能发电。

当然，发电的时候，你可以理解成螺丝帽滑丝了，转子是在定子中间不停旋转才能发电。

接下来就是最大的难度了，螺丝和螺丝帽之间肯定需要一定的间隙才能拧进去。那么，转子与定子之间的间隙有多大呢？这个 2100 吨的转子，直径有 16 米多，要放在下边的定子上，中间仅有 51 毫米的缝隙。

谱写新时代高质量发展新篇章

1号机组转子吊装

中国电建
POWERCHINA
热烈祝贺白鹤滩水电站

2号机组转子吊装

想要把转子稳稳地放进机坑里去，中间不允许有任何摩擦和磕碰。也就是说，即使出现几毫米的操作误差，都可能会给转子带来晃动，甚至与定子发生碰撞，造成无法挽回的后果。

水电机组既然被称为大国重器，安装调试的复杂性和难度自然远远大于世界上已有机组，而且没有现成的技术可以参照。

1 号机转子直径 16.198 米，最大高度 3.826 米，要完成这一次史无前例的吊装，把这个庞然大物精准吊入坑位内，难度不言而喻。

这么贵重的转子，就等于白鹤滩的心脏，要是磕碰一下，田得梅赔不起，水电四局也赔不起。

田得梅带领班组成员一次次模拟转子的吊装过程，详细讲解各个重要环节的注意事项，一遍又一遍地对触电控制器、刹车片、行程限位、警报装置等桥机部件进行检查。

能参与白鹤滩建设这样的工作任务，作为数万名建设者中的一分子，田得梅既觉得幸运又感到压力。在吊装转子之前，任何一次重要部件吊装，她都坚持在现场指导或亲自操作。为了提升班组成员的安全生产意识和操作技能

田得梅在工作中

水平，她每次开工前，都要召开班前会、桥机巡检和定期检查。

通过多次模拟试验，按照田得梅的计算，白鹤滩一号转子从起吊到安装成功，需要 77 分钟。

2020 年 8 月 18 日，白鹤滩水电站全球首台百万千瓦水电机组转子迎来了吊装时刻。

在吊装过程中，两台桥机需要保持步调一致，以 7 米每分钟的速度进行吊装。

DEC 东方电气
DONGFANG ELECTRIC
中国三峡
热烈祝贺白鹤滩水电站百万千瓦
380T

3号机组转子吊装

1号桥机
努力打造精品工程
更好造福人民
DEC 东方电气
DONGFANG ELECTRIC
热烈祝贺白鹤滩水电站百万
局机电

7号机组转子吊装

1号转子的吊装，是白鹤滩水电站建设的阶段性重大时间节点。那天，能来的领导几乎全部到位，中国电建集团的领导，省委书记、省长等领导人悉数到位。

2020年8月18日，白鹤滩水电站全球首台百万千瓦水电机组转子迎来了吊装时刻。

上午8点，田得梅沿着扶梯爬上高高的天车，侧身拉开操作室的门，迅速进入吊装前的准备工作：首先检查起重机行走范围内有无障碍物，确认锚定装置与行走驱动机械是否完好，确认各电器开关以及操作手柄是否处在正常位置……七项检查，田得梅每一项都做得认真又细致。

一直等到上午11点整，随着地面指挥人员一声清脆的哨音，由我国自主研发制造，全球首台百万千瓦水轮发电机组转子开始吊装。

这次吊装，担任地面指挥的是起重班班长赵和祥，他熟悉操作规程，实战经验丰富，心理素质过硬。

领导为什么选定赵和祥与田得梅搭档呢？

田得梅长期与丈夫刘敦义搭档，两人的默契程度超过所有人。在最初选定田得梅的搭档的时候，领导首先考虑的是刘敦义。但领导在征求田得梅意见的时候，田得梅却斩钉截铁地说："他不行，换谁都行，就是他不行！"

领导开始也摸不着头脑，劝田得梅说："你俩搭档这么多年了，又是两口子，他为什么不合适？"

田得梅分析说："天车司机和地面指挥，就是战场上的狙击手和观察手。两人之间必须肝胆相照，休戚与共，两人一个心眼儿才能完成任务。我们家老刘平时干活一点问题没有，但吊装转子，出风头太大，责任也太大。这风头和责任总不能让我们一家子都担了吧？他不打怵，我还打怵呢！万一有个好歹，怎么办啊？"

领导考虑之后说："那你觉着谁合适？"

田得梅说："当然是赵和祥！向家坝的时候他就是起重班的班长。"

从 1998 年田得梅在向家坝工作的时候，担任班长的赵和祥就跟田得梅熟悉了。而且刘敦义追求田得梅，还是赵和祥指点的。

十几年过去了。2021 年，他们在白鹤滩重逢，两人的配合更加默契。桥机走到机坑的哪个位置，赵和祥只需要一个手势、一声哨音，田得梅就能够心领神会。

当然，在赵和祥眼中，田得梅胆大心细、眼光锐利，她在吊装过程中最大的特点就是运行平稳、落坑准确、反应快速，简单点说就是稳、准、快。

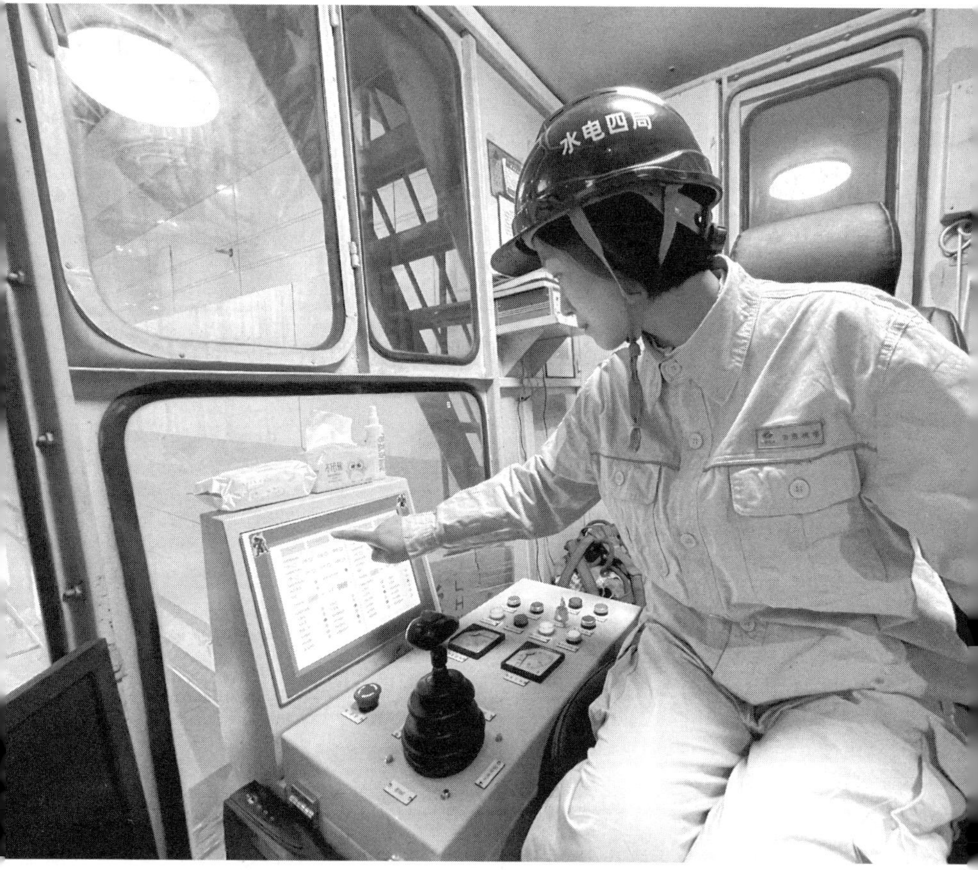


田得梅在操作天车

介绍完赵和祥与田得梅的渊源，我们再把镜头拉回到吊装现场。在万众瞩目之下，赵和祥对着对讲机下达命令：“起吊！”

“收到，赵师傅。”接到起吊指令后，田得梅启动了操作杆。只见悬空架在厂房两侧的两台黄色钢架结构桥机缓慢、平稳地起升到 5.8 米的预定高度。

接下来，就是距离超过 330 米的平移。

时间一分一秒地流逝，10 分钟、20 分钟、30 分钟……为了达到最佳稳定度，平移时间超过了 50 分钟。

上午 12 点，两台桥机并联吊装转子到达一号机坑组的正上方。

接下来，真正的挑战开始了。

只见田得梅控制吊装主钩在空中进行水平运动。虽然无数台摄像机也无法记录其中的微妙变化，但田得梅却能感受到，吊钩和转子的摆动幅度。她及时调整操作杆，选择合适的挡位和方向，始终保持桥机与主钩吊装的转子的重心在同一条线上。

在眼睛完全看不到对准孔位的情况下，田得梅凝心静气，凝神聚力，双耳仔细聆听地面指挥赵和祥发出的每一个指令，双眼时刻关注每一个细小变化，双手左右交替操作 3 个控制杆，一点一点地操控着天车。

“装到位了，转子吊装完成！”12 点 30 分，田得梅终于听到地面传来转子安装到位的指令！

田得梅绷紧的神经，突然一下子松了下来！那一刻，她感觉浑身像散了架一样，晕晕乎乎听不到天车室外边全场人员的欢呼雀跃声！

没有眼泪，没有悲伤，也没有喜悦，田得梅只觉得浑身像被抽空了一样。她松开操纵杆上那布满汗水的双手，瞬间瘫软在靠背上。

1 号机组转子吊装工作圆满结束。这一时刻，将会载入中国水电建设的历史史册。

这一吊，举世瞩目！

这一吊，大国圆梦！

这一吊，挑战极限！

完成首台转子吊装任务之后，田得梅紧锣密鼓地与班组里的小伙伴开始第二台转子吊装前的准备工作。

田得梅在总结经验的时候提醒大家：注意力要高度集中，操作手柄不能延伸太长；操作杆控制桥机会有一定延时，这个时候要集中注意力仔细聆听桥机抱闸打开的声音，听到这个声音后将操作杆归零，才能保证点动精准；

在转子下落的过程中要注意微调、微动，这当中只有几毫米的间隙，必须把重力加速度控制为零。

这些经验和总结经过归纳、分析整理后，田得梅利用每日的班组会详细讲给组员听，用幻灯片演示给组员看。在微信工作群中，与组员一起分享转子吊装的最新动态。通过不断总结与完善，班组成员也初步掌握了吊装的要领。

2020 年 10 月 26 日，相隔两个月，第二台转子吊装的哨音响起，坐在桥机室的田得梅头脑更加冷静。事前她反复梳理在第一次吊装过程中遇到的问题和难点，找出所有可能影响正常吊装的每一个细节。这个时候，安全、准确、无误这根弦一刻也不能松，她默默地在心里给自己打气。

毫无悬念，第二次吊装转子，田得梅再次取得了成功。

其实所有的人都知道，这看似容易的背后，田得梅付出了数不尽的努力。她和她的姐妹们始终保持着零差错、零失误的纪录。

2021 年 6 月 28 日，白鹤滩水电站首批机组完成 72 小时带负荷连续试运行，正式投产发电。

# 第六章 蓄势待发

## 为什么是田得梅

田得梅在白鹤滩一战封神。在获得各种荣誉之后，她又获得 2022 年“大国工匠年度人物”的荣誉。

节目播出当晚，水电四局很多同事围坐在电脑和电视机前，观看了这激动人心的时刻。不少熟识的人向她发去微信祝贺。面对亲朋好友的称赞，田得梅说得最多的一句话就是：“其他同事们更应该获得这项荣誉，我做的这些都是应该的……”

听说自己入选2022年“大国工匠年度人物”，田得梅起初没往心里去。倒不是她看轻这份荣誉，而是她从未想过，自己能成为那全国优中选优的十分之一，还是唯一的女性。

接受采访的时候，一位记者突然问田得梅：“天车班有那么多人，为什么只有你能获得大国工匠，为什么能得到这么多荣誉的只有你呢？”

面对这突如其来的询问，田得梅回答得很坦然：“我成为大国工匠就是个偶然。这也是我后来听说的，在白鹤滩吊装那天，人们得知开天车的是个小姑娘。记者采访报道了，同时有关部门给我整理个材料报了上去。后来我成了大国工匠，才知道材料报到了全国总工会。其实，我那时候是两个孩子的妈，早不是什么小姑娘了。”

田得梅把自己在白鹤滩的那惊天一吊，说得轻松无比。对她来说，驾驶天车并不难，她的徒弟也能驾驶得跟她一样好。

田得梅告诉记者，白鹤滩左岸共有8台发电机。她只吊装了2台，其他发电机都是她的同事和徒弟吊装的。她觉得重要的工作，大家都应该得到锻炼的机会，荣誉和功

田得梅在 2022 年大国工匠年度人物发布仪式上高高举起奖杯

劳是大家的。就像吃螃蟹，她只不过第一个伸手抓了那第一只。

实际上，让田得梅脱颖而出的，是她十几年如一日的责任心。

后来，田得梅轻描淡写地对记者说："对待天车驾驶间，要像对待自家卧室和厨房一样。天车也有自己的脾气，你认真对待它，它也会好好地对自己。无论是吊一千斤还是一千吨的设备，都需要万分小心。设备一旦吊起，设备的安全、周边的安全那就全部掌握在司机一人手中，任何的马虎都将带来无可弥补的严重后果！"

这边田得梅说得风轻云淡，但在老家那边却已炸开了锅。

听说自家姑娘入选2022年"大国工匠年度人物"，田有宝和媳妇朱世梅激动得一宿没睡。消息一传开，家里的亲戚朋友纷纷打来电话祝贺。每次说到最后，田有宝总是自豪并谦虚地打着哈哈说："没想到，我们也没想到啊……"

母亲朱世梅话不多，但儿行千里母担忧。虽然女儿参加工作已经十多年了，也已经成为两个孩子的母亲，但田得梅的母亲总是在家念叨着："咱家姑娘，天天都在天车上，下来一趟吃饭都得二十多分钟，不知道这时候咱姑娘吃了没有……”

两位老人知道女儿向来只报喜不报忧。只是田得梅越这样，老人越担心。尤其无意中听到外孙女说妈妈腰疼的时候，两位老人就更挂牵自己的姑娘了。

田有宝只知道自己的女儿像男孩一样坚强、乐观，从未抱怨过工作上的困难和辛苦；更不知道女儿在长期工作中，主动请缨承担了大部分工作，每次腰椎间盘突出疼得厉害了，也咬着牙坚持到工作结束，才让丈夫搀扶着去医院治疗。

每次回老家的时候，田得梅都叮嘱刘敦义：“千万不要跟家里人说我腰疼的事儿。你要敢说，小心我的菜刀！”

尽管刘敦义自认为是个糙汉子，但每次看妻子腰疼得脸色蜡黄，他还是生气地说：“别叨叨啦，你那老腰省着点用，别到将来你躺着让我伺候。等我老了，我还指望你伺候我呢。”

田得梅的婆婆王菊奎，今年50多岁，面相看上去比同龄人显老一些。自从刘敦义小两口在西宁买了房子之后，她和丈夫就离开老家搬到了西宁。除了照顾田得梅的两个孩子，有时候大儿子家的两个孩子也送过来，让老两口负责照看。

农闲时节，老两口看四个孩子已经忙前不顾后了。到了农忙时节，老两口下地累得直不起腰来，还要忙着给孩子做饭、洗衣服，更是累得脚不沾地。

虽然婆婆王菊奎知道刘敦义小两口工作忙，可儿子和儿媳妇工地上的情况，她并不了解。直到2021年夏天，水电四局组织职工家属到白鹤滩工地跟职工见面，她心里的疑惑才有了答案。

“以前只听说他们在山沟沟里，现在坐着车在工地转了一圈，才知道他们每天都在山洞里干活。我看着儿媳妇在那么高的地方上班，心里很不好受。她平时都是报喜不报忧，这么多年要不是她坚持，这工作早就干不下去了……”王菊奎对同行的人说着，背过身抹了把眼泪。

其实，不仅仅是婆婆王菊奎第一次看到田得梅工作的地方，绝大多数水电职工的父母，也都是第一次见到白鹤滩那么雄伟的工程，那么辛苦的工作。

除了个人的付出与机遇，还有整个家庭的默默付出，这就是大国工匠为什么落在田得梅身上的原因。

2023年10月，田得梅当选中国工会第十八次全国代表大会代表，同时成为青海省工会第十五次代表大会新一届领导机构成员。这是组织对她的最高褒奖，更是水电建设者的无上荣光。

## 荣誉的源头

田得梅在白鹤滩一战成名，先后荣获中国能源化学地质工会“大国工匠”、中国电建“电建工匠”、中国电建“起重机械操作专业特级技师”等荣誉称号。

2021 年 4 月 19 日，中华全国总工会在人民大会堂举行全国先进女职工集体和个人表彰大会，表彰全国五一巾帼奖状、奖章获得者和全国五一巾帼标兵岗、标兵获得者。这次表彰大会，水电四局安装项目部天车班荣获“全国五一巾帼标兵岗”称号。

荣誉当然不只是田得梅一个人的，而是属于天车班的姐妹们，属于项目组，属于水电四局，更属于中国水利建设这个群体。

一个人获得一两次荣誉并不难，获得很多荣誉似乎也不难，但一个人面对荣誉能够保持平静的态度，这才是最难的。荣誉也许仅仅代表组织对一个人付出的肯定，但年仅 33 岁的田得梅已经被组织“肯定”了很多次。且简单列举如下：

2021 年 4 月获得全国能源化学地质系统“大国工匠”；

2021 年 2 月获得中国水电四局“首席技工”荣誉称号；

2021 年 2 月天车班获得中国水电四局“巾帼标兵岗”荣誉称号；

2021 年 3 月获得 2020 年度机电安装分局“金牌导师”荣誉称号；

2021 年 4 月，田得梅带领项目部天车班获得“全国五一巾帼标兵岗”荣誉称号；

2021 年 10 月获得中国电建集团“电建工匠”荣誉称号；

2021 年 10 月获得中国电建集团“起重机械操作专业特级技师”荣誉称号；

2023 年 1 月获得 2022 年度中国水电四局“产业工人明星”荣誉称号；

2023 年 1 月获得 2022 年度机电安装分局“先进生产(工作)者”荣誉称号；

2023 年 1 月获得全国总工会 2022 年“大国工匠年度人物”荣誉称号；

田得梅 2023 年获得青海省“三八红旗手”荣誉称号

2023 年 1 月获得中国电建“田得梅技能大师工作室”荣誉称号；

2023 年 3 月获得青海省“三八红旗手”荣誉称号；

2023 年 5 月获得第 26 届“青海青年五四奖章”荣誉称号；

2023 年 10 月获得 2023 年“青海好人榜”荣誉称号。

也就是说，田得梅在获得大国工匠荣誉之前，已经和她的姐妹们获得多项集体和个人荣誉。可以预见的是，在接下来的日子里，田得梅还会继续获得很多荣誉。

从举世瞩目的百万千瓦机组首台转子成功吊装，到 8 台百万千瓦水轮发电机组全部并网投产发电，900 多个日日夜夜，田得梅带领天车班全体员工不断钻研改进吊装工艺，各项部件吊装的精度、效率都得到了极大提升，稳步推进了白鹤滩左岸电站各台机组安装工作。

后来在总结经验的时候，特别是在白鹤滩机组安装进入冲刺阶段的时候，为保证桥机全天候不间断施工，天车班实行三班倒。面对如此高强度、高压力的重复性工作，田得梅和天车班其他成员没有一个人掉链子。

说起田得梅和天车班，徒弟李彩玲深有体会：“师父比我们更勇于挑战，比我们更努力。我们通常都满足于日常干好工作。师父不一样，她是上班努力，下班以后更努力。”

李彩玲说：“大家都知道转子落入机坑与定子对接的精密度不亚于太空中飞船与空间站的对接。那次，所有的希望都在师父身上，所有的压力也在她身上。知道要吊这么大的转子，每个人心里都很紧张，师父也不例外。但是她丝毫没有流露出来，她表现得很镇定。”

李彩玲回忆说：“2020 年 8 月 18 日那天，师父一句话都没有说，她就这样一个人把这项工作担起来了。转子落坑之后，她也没有着急离开操作室，而是配合项目部完成了所有的安装工作。一整天她都不吃不喝，抓着操作杆的手几乎就没放开过，更没有提出中途换人。”

两台转子的成功吊装，为后续的吊装工作积累了宝贵的经验。2020 年底由组员罗祯琳完成了第 3 台转子的吊装。

2021 年，是天车班集体出彩的一年。田得梅和她的姐妹徐艳君、李彩玲等人，一起完成了左岸 8 台转子的吊装任务。

田得梅（右一）与领导、同事在交流

8 台转子吊装成功，田得梅和她的天车班也从最初的摸着石头过河，到逐步实现由摸索试验总结到创新推广的转变。天车班也创下了提前 65 天完成 8 台转子吊装的优异成绩。

田得梅和天车班的姐妹们，通过完成白鹤滩建设一系列重大任务，磨炼了意志，锻炼了能力，收获了成功，展现了能力和担当。在白鹤滩水电站，她们犹如亮翅的白鹤，迎风起舞。

除了天车班的姐妹们，还有很多一起工作多年的同事，也给了田得梅很高的评价。年届五旬的王树峰是水电四局机电安装分局员工，负责电焊工作 26 年。早些年，曾跟田得梅共事过一段时间，后来又一同分到了白鹤滩项目。

虽说隔行如隔山，但在一个项目上干的时间久了，王树峰渐渐看出些门道。他说："在白鹤滩水电站建设期间，田得梅带出了不少徒弟，能够入选'大国工匠年度人物'，激励的不仅仅是天车班成员，还有更多的年轻人。"

"正式吊装之前，田师傅都会提前走位，熟悉角度，找好位置，对每一个细节都严格把控。"王树峰记得，有一回，一辆天车出现故障，田得梅短时间内就解决了问题。

“虽然是个小问题，但这件事不仅能看出她的业务水平，还能看出她极强的责任心，说明她是一个肯钻研、爱学习的年轻人。遇到问题第一时间就能找出根源，除非是需要上报解决的故障，小毛病她自己就能解决。”

李家峡水电站项目副经理路亚龙曾在羊曲水电站、白鹤滩水电站工作过，主要负责现场生产、安全、质量等工作。在他看来，如果将整个建设项目比作一架飞机，天车司机就如同机长，因为现场所有作业都需要起吊工作来配合。

对于天车司机和地面指挥的二者之间的关系，路亚龙形象地将其比喻为狙击手和观察手：“干好这份工作经验至关重要，注意力不集中、水平不到位都可能造成失误；要眼力精准，要胆大心细，要心理素质过关，最关键的是要听指挥，跟指挥师傅默契配合，不能自作主张。”

同样担任起重班指挥的老大哥曹建军说：“当年，小田刚从学校出来，年龄小，性格活泼，大家伙儿都照顾她。十年后再次合作，她性子变沉稳了，天车开得也更稳了。”

田得梅跟曹建军曾在拉西瓦水电站共过事，等再相遇就是在白鹤滩了。

曹建军说：“天车司机在上面，视线好，在起落、行走、找坑这个过程中我们只看个大概，细节全在她们。重物吊装，手底下要有分寸，摆动幅度要小。我们要做的就是在地面上通过手势、哨声给司机信号。停下来的过程中要跟车，吊钩不能晃动太大，不能着急。”

在很多项目上，起重班和天车班属于一个班组，工作上要相互配合。起重无小事，几吨和上千吨的东西，对于起重工来说都是要同样对待的，做到信号明确，手势精准。

小环节里有大学问，也能做出大成果。无论是田得梅还是王树峰，路亚龙还是曹建军，他们的工作往往聚焦于复杂生产体系中的某一个环节。虽然他们的工作并不在聚光灯下，但是对于提升制造业水平、提高实体经济质量效益具有重要作用。从他们自身而言，无论从事什么劳动，只要以勤学长知识、以苦练精技术、以创新求突破，就能在平凡的岗位上干出不平凡的业绩。

白鹤滩左岸机电安装项目工程部项目副经理答欣明说：“天车操作室处于高空中，上下一次就要花费近 20 分钟，而吊装任务又十分繁多。为了不影响施工进度，她们每一位司机到岗一坐就是 4 个小时。为了减少上厕所的频率，大家基本都是半天不喝水，这很考验身体素质。”

37 岁的汪祖娟是天车班成员之一，也是田得梅的徒弟。2020 年刚来工地那会儿，有些恐高的她看见天车就两腿发软。她硬着头皮干了一个多月后，才逐步适应高空作业。她说：“我觉得想要干好这份工作，要仔细，更要专注。”

作为一名年轻的天车司机，一上班就参与到白鹤滩水电站工程建设中，汪祖娟既自豪又担心。为了更好地完成工作任务，她在学习上没少下功夫：“一开始要边学理论，边跟在师父旁边学习实际操作。等我们上手时，师父会在旁边手把手教学。但要想真正将理论知识吃透，并将理论知识和实际操作结合好，那就需要多多练习。”

一项项工作任务的圆满完成，记录着天车班不断成长的足迹，也凝聚了这群“空姐”的智慧和汗水。

在给白鹤滩水电站首批机组投产发电的贺信上，习近平总书记说：“社会主义是干出来的，新时代是奋斗出来的。”

田得梅（右一）与天车班姐妹

## 母子书

田得梅获得“大国工匠年度人物”的荣誉之后，水电四局要给田得梅举办报告会。在这场报告会上，田得梅的同事孙凯璇宣读了一篇名为《在一起》的演讲报告，内容是田得梅写给女儿的一封信，以此来讲述田得梅的先进事迹。

尽管这封信经宣传人员润色，进行了很多文字修改，听起来有些语言很官方，但基本呈现了田得梅的心声。为了让大家全方位了解田得梅，我们且照录如下。

女儿：

时光如梭。转眼间，这已经是你出生后的第六个六月了。六月的金沙江湖山远映、满目翠稠，望不尽的莽莽苍苍、涌涌荡荡，如同我心里不尽的思念，随着江面缥缈的烟云飞到你的身边……

每每梦中惊醒，画面总是停留在离你而去的那个六月的清晨。休完产假即将返回工地的我，在临行前郑重地承诺：“明年六月你生日时，妈妈回来看你！”可这一走，我便不是我自己了。跋山涉水，

田得梅女儿

辗转各地，妈妈在一个个施工现场奔走，却从未在六月踏上返程的路。

真是惭愧呀！亲爱的女儿，原谅我，不能和你“在一起”。

你的妈妈，在十五年前加入中国水电四局时，就注定不仅仅是你一个人的专属了。说出来你一定不相信，刚刚参加工作的我，到了一个什么样的地方！挖掘机、压路机、打桩机，各种施工机械来往穿梭；电焊花、爆闪灯、照明灯照个不停，闪得我睁不开眼。一位位身穿工作服、头戴安全帽的工人师傅笑呵呵地看着我，等着看我这个学电气技术应用的新手“司机”爬上天车。

水电站的机电设备最高重达上千吨，均由桥式起重机吊装。起重机架于厂房最高处，所以叫“天车”。可我之前哪里见过什么天车呢？第一次站在桥机上往下看，机身一晃，我就吓得腿脚直哆嗦。自恃从小不怕苦累的我，看着那遥不可及的天车，不禁打起了退堂鼓。我原本想着多挣点钱补贴一下困难的家庭，可工作环境的艰苦超出了我的想象。面对工地食堂丰盛的一日三餐，我既心疼钱，又觉得对不起父母的养育。每一餐我都觉得如鲠在喉，难以下咽。

在这个艰难的开端，有一个人在吃饭时悄悄地和我坐在了一起。她是我的师父，是我参加工作后经过公司“导师带徒”仪式，正儿八经拜了师的师父。她不经意地给我夹菜，帮我申请困难帮扶，一次次到宿舍里塞给我一大兜子吃的、用的，嘴上却说着“买多了”“吃不完”。满心的感激无以言表，唯有化作学习的动力。

从那以后，为打牢理论基础，我每天泡在职工书屋里翻阅教材，结合施工图纸与现场实况深化理解各种知识；为掌握操作技能，我虚心地向师父请教，把握每个实践机会动手操作……师父看到了我的认真，她耐心地说：“错了不怕，来，我再教你一遍……”功不唐捐，在师父的悉心教导下，我终于取得了各项操作证书，在自己的本职岗位上游刃有余，正式踏出了十五年“水电马拉松”稳扎稳打的第一步。

可是，亲爱的女儿，原谅我，仍然不能和你“在一起”。在岗位上一步步走向成熟的我，身边也有了一群朝气蓬勃的“大孩子”。望着她们意气风发的年轻面孔，听着她们真诚殷切地唤我“师父”，我常会想起初入职时那个少不更事的自己。从何时起，我已然完成了从“学步者”到“引路人”的角色转换呢？我想，大概是从公司组建的“网络大学”学习平台启用的那段时间吧！

我和徒弟们一起在“网络大学”冲浪，获取丰富的学习资源，参与专业的线上培训，与各项目的同事们进行经验交流和分享。渐渐地，在公司各类技能大赛、技术比武、岗位练兵活动中，我所在的团队多次取得了优异成绩。我也鼓励徒弟们积极参与公司组织的班组长培训、职工心理疏导及健康知识、法律大讲堂等专题活动。徒弟们逐渐提升了综合能力，她们又带了徒弟。就这样，在一代代延续中，把“不藏私，勤督促”的优秀品质接棒传承了下去。

除了学习、工作、带徒弟，平日里我和同事们在一起的生活也是多姿多彩的。近年来，公司以职工服务中心、户外服务站点等为支撑的工会服务体系在不断完善。不论项目所在地区多么偏远，“职工之家”“女职工温馨小屋”等场所都建立健全。每逢节假日，我们在劳模宣讲会中学习劳动精神、在书画摄影展中陶冶性情、在文艺巡回演出中尽展风采……

最难忘的是2020年的元旦长跑。我们在天色微明时随着一声哨响，共同朝着红日初升的方向奋力奔跑。水流冲击白鹤滩大坝的拍打声与员工们互相鼓劲的呐喊声交织成了新春的开幕曲。十公里的赛道，不仅仅是我们协同共进的见证，更是参建者们在一起拼搏奋战的缩影。

我也在这一片喧闹声中奔跑着。冷冷的风吹在脸上，混着眼泪刺的生疼。我多希望自己能冲出这赛道，飞奔到遥远的故乡去，飞奔到女儿你的身边。可是女儿，我对你的思念，就和企业里其他职工对子女、对父母、对家的思念并无二异。但我不能走，还有重要的任务等着我。白鹤滩水电站的全球首台百万千瓦水电机组转子即将迎来吊装节点。此时的我，已经是天车班的班长。2100吨的起吊重量、5厘米的吊装误差，在眼睛无法看到的情况下，凭借着多年的操作经验以及与同事默契的配合，我一次性顺利地完成吊装任务。当成功的哨声响起，我松开操纵杆上布满汗水的双手，瞬间泪湿眼眶。我明白，从这一刻起，我国水电建设者们在探索百万千瓦级水轮发电机组安装的“无人区”正式吹响了攻坚号角。因此我被评为全国能源化学地质系统“大国工匠”，中国电建集团起重机械操作专业特级技师；我所带领的天车班，也因出色地完成各项吊装任务，被授予“全国五一巾帼标兵岗”荣誉称号。

还记得吊装成功那天，食堂也就比平时多了两盘肉菜，可大伙儿却吃得比年夜饭都香。满身尘土的一群人挤在几张桌子边坐着，觥筹交错、大快朵颐的场景，恍如昨日。女儿，待你长大时，不知你是否能体会到妈妈这一路走来的百种滋味，不知你是否能领悟我与你分离的千般不舍，和我把自己交给一个集体、一个企业的坚定决心。

女儿，如果你爱我，就爱我是水电四局人吧！从你在妈妈肚子里那一刻起，我们就享受到了公司无微不至的照顾。产假后高达五个月的延长假期，不断增长的卫生费、企业年金，这些暖心的政策让我们度过了安逸的育婴时光。我不在你身边的日子里，每一个儿童节，公司各级组织都为你这样的留守宝宝送去了慰问金、玩具、学习用品等各类礼品。但是女儿，如果你要怪我，也怪我是水电四局人吧！

田得梅（右一）和两个孩子

作为坚守在第一线的工程建设者，作为中国梦的添砖加瓦人，我必须要和我的同事、我的企业时刻站在一起，在时代的洪流中怀揣着赤诚的火种逆行。换来日夜鏖战的奋进身影，换来远山长河间的建设景象，换来时序更替间的不老精神……把这些换来的都送给你：我的女儿！

这是我一生最宝贵的精神财富和最珍贵的记忆影像。

## 蓄势待发

现在，只剩下最后一个问题了。很多人想知道，获得荣誉之后的田得梅现在干什么呢？

确切的答案是，她依然在一线担任天车司机，依然忍着时常发作的腰疼，跟她的丈夫刘敦义在水电一线工作。

当然，获得“大国工匠年度人物”荣誉之后，田得梅的变化还是很大的。一是她和丈夫以及天车班的姐妹们，都成为正式工，有了更多的保障。二是田得梅有时候不得不放下手头工作，去参加各种各样的会议。三是成为典型之后，田得梅的胆子越来越小，时时处处说话办事不像以前那样随意洒脱了。对她而言，典型仿佛就是个紧箍咒。

除此之外，没有别的变化。

2025年元旦前后的田得梅，正在河北省张家口的一条叫东洋河的河边，参与修建一座新型的水电站。这种正在建设的水电站的特点是抽水蓄能。

蓄势待发。田得梅正在做的新工作，何尝不是她当下的人生状况呢。

河流是人类文明的源泉，也是水电动力的源泉。地处张家口的东洋河，流经尚义县小蒜沟的时候，是一条很小的河流。东洋河、西洋河、南洋河三条小河汇合之后，流经宣化、下花园，与桑干河在怀来县桑园镇夹河村汇成永定河，最终流入官厅水库。

在我们很多人看来，东洋河这么一条小小的河流，冬天的时候只能叫作小溪流，怎么可能在那里修建一座水库呢？

但今天科学技术的进步，让小溪一样的东洋河有了一种磅礴的力量。这种力量来自蓄能发电。这是一种通过储存能量并在需要时释放的技术，主要用于电网调峰、调频以及应对抽水蓄能电站发电转换过程。

这么说还是有点别扭。简单说吧，我们很多人都看过山顶出现一个大湖的图片和视频。很多人搞不明白，山顶又没有水源，哪里来的水呢？

现在可以告诉你答案了。这些水是用电抽上来的。这个抽水的过程，就是把电能转化为机械能再转化为势能的过程。

为什么要这么做呢？

我们都知道，近些年来中国的风电和太阳能发电发展速度很快。这么多方式发出来的电，要并到电网里才能使用。

通常情况下，用电有高峰有低谷，那么用电的价格就有了差别。在一天之内，电力需求存在明显的波动，白天和前半夜的电力需求较高，其中最高时段称为高峰，而下半夜的电力需求则大幅下降，其中最低时段称为低谷。

以一度电为例，白天用电高峰的时候，一度电可能要花一块钱。到了晚上很少有人用电的时候，一度电可能只要五毛钱。

可是，风力发电的大风车日夜不停地旋转，这些电不能浪费，又没有那么大的蓄电池存起来，怎么办呢？科技人员就想了个办法，在山顶和山下修建两个大水库，分别叫上库和下库。

第一步，电价便宜的时候，用过剩的电力把下库的水抽到山顶的上库，水的势能增加，实现了电能转化为机械能再到势能的储存过程。

第二步，在用电高峰时段，将上水库的水放出来发电。水从高处流下来带动水轮机转动，水轮机再带动发电机将机械能转化为电能，然后将电能输送到电网中，同时上库的水流入下库。

在北京这样的大城市周边，修建一批这样的抽水蓄能水电站，就等于给北京等大城市做了一些超大的蓄电池。

全球范围内，蓄能发电技术已经得到广泛应用和发展。特别是在粤港澳大湾区，抽水蓄能电站的运行效能正在加速提升。现在，大湾区已有 6 座抽水蓄能电站在运行，并全部实行远程集中控制。

蓄能发电的优点在于，一是调节电网负荷，实现电力的供需平衡；二是进行能量转换，抽水蓄能电站实际上是一种能量储存方式，而不是能量的直接来源；三是综合功能，除了基本的调峰功能，抽水蓄能电站还具备调频、调相和事故备用等多种动态功能。比如，在电网发生故障时，蓄能发电可以迅速恢复供电。

当然，一定有人会问，这种水电站是赚还是赔呢？可以毫不避讳地告诉大家，用 100 度电把水抽上去，发出来的电大约为 75 度。

表面上看发电度数减少了，但从效率与经济效益的角度来说，尽管在能量转换过程中会有一些损失，但抽水蓄能电站相比增建煤电发电设备来调节高峰和低谷用电，更具经济效益。

与此同时，抽水蓄能电站还可以促进新能源的消纳，减少污染排放。因为它能够灵活地调整运行状态，适应可再生能源的波动性。

建设抽水蓄能电站需要三个基本条件：电力负荷中心、高山地形，以及一定的补充水源。这三个条件对于抽水蓄能电站的高效运行至关重要。

张家口地区风、光发电优势突出，但部分电量如果不能及时消纳，会造成资源浪费。在这里修建一个抽水蓄能电站，就能实现调峰填谷，灵活应对紧急用电，保障电力系统安全稳定。

更重要的意义在于，有了这样一个蓄电池，就能增强电网快速响应能力，保障首都北京供电安全，提高电力系统的安全可靠性和运行经济性，还能有效提高风电、光伏等新能源的消纳能力，促进区域节能减排和环境保护。

到小蒜沟采访的时候，田得梅告诉我们，她在这里的工作非常有规律。他们小两口每天跟着六点五十分的闹钟起床，七点半就得去打卡上班，准时乘车穿过长长的隧道，进入山洞工作。

上午十一点半从工地回来吃午饭，中午睡一会儿，下午一点五十分准时坐班车去上班。傍晚五点四十分从山洞出来的时候，外边的天空比山洞里还黑。

也就是说，在隆冬时节，田得梅夫妇的工作还是两头见不到太阳。

让田得梅略感欣慰的是，尽管外边的温度达到了零下十几摄氏度，但在山洞里反而有冬暖夏凉的优势。山洞里的温度可以达到零上十三摄氏度，体感并不冷。

田得梅最渴望的是阳光。因为长期在山洞里工作，他们都自称“山顶洞人”。这种长期见不到太阳，加上工作的压力和生活节奏的变化，让田得梅得了天车司机的另一种职业病，那就是精神高度紧张之后的失眠。

由于长期的工作压力和恐惧心理，导致田得梅失眠的次数越来越多。她尝试过多种安眠药，甚至去找中医开一些中药，但效果都不太好。虽然安眠药的强度越来越大，但仍然无法缓解失眠问题。

对于这些，田得梅倒是看得非常开。她坦言：“我们每

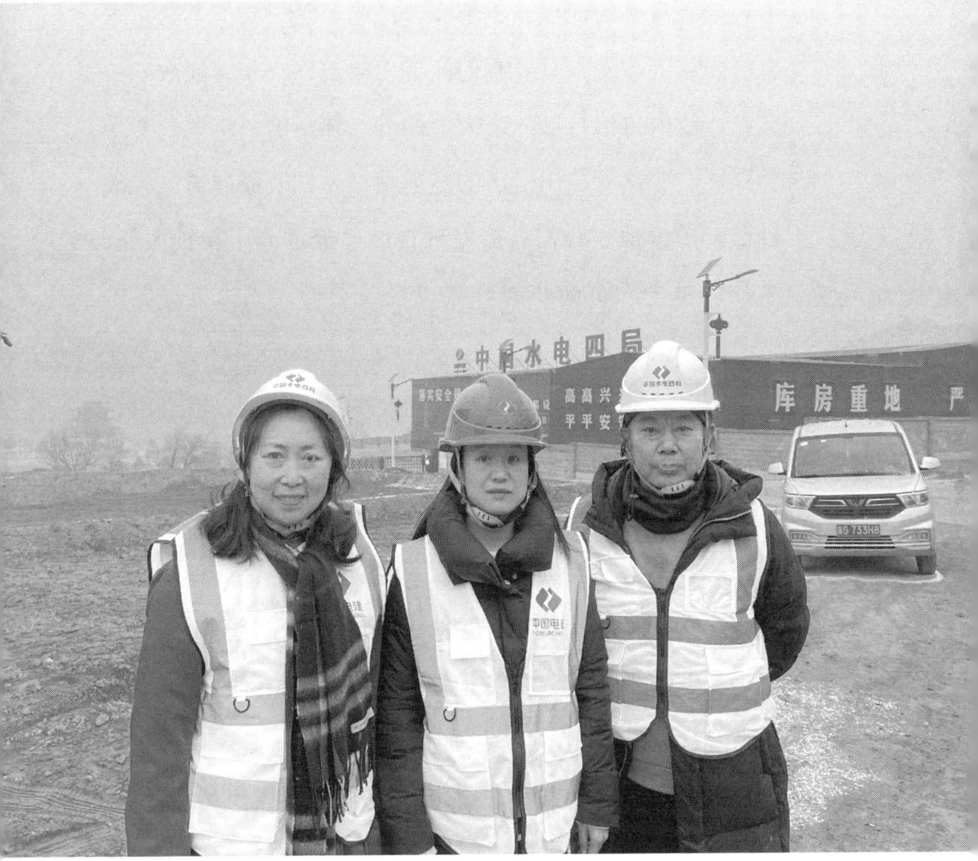


田得梅（中）与同事

个人都有自己的优点，也都有自己的不足。我们不必苛求自己能立刻改变，只要我们能努力向前一小步，能改变一点点，就值得给自己一个大大的赞。在新的一年里，要学会释怀，要试着走出自己的舒适圈，要试着鼓起勇气挑战自己。慢慢地，我们就会发现自己已经远离了精神内耗，愿我们每个人都能步履轻盈，轻装上阵，成为更舒展的自己！”

人生就是这样，有时候我们经历了一些事，或许给自己留下了许多遗憾，但也会让我们得到许多不同的感触。凡是过往，皆为序章。人生格局的拓宽，有时靠的是及时清零的智慧与魄力。我们要放下过去的遗憾，懂得释然过往，这样才能步履轻盈地迎接未来的每一天。

人生的主动权，永远把握在敢于重新出发的人手中。人生的行囊里少背一点，才能走得更远！

在见到田得梅之前，“大国女工匠”还仅仅是个符号。我们觉得，田得梅之所以能成为典型，是因为她工作兢兢业业、任劳任怨、为人谦虚谨慎、肯钻研、能吃苦，作为天车驾驶员参与了举世瞩目的白鹤滩工程，并机缘巧合地吊装了两个发电机的转子而当上了典型。

采访前，我只听说，田得梅是那一年 10 个大国工匠中唯一的女性。除此之外，脑子里没有别的印象了。

在大雪纷飞的隆冬时节，我们来到河北张家口尚义县小蒜沟，采访正在这里参与建设水电站的田得梅。我们朝夕相处多日，仅录音就有几十个小时。但我脑子里却只记下了很少的几个字：向阳而生。

我们与田得梅夫妇天南海北、漫无边际地闲聊，谈得最多的却是关于“典型”之外的一些话题，比如生存与出

左起：田得梅，刘敦义，丹阳，丁一鹤

路，比如婚姻与爱情，比如艰苦与坚守。

采访田得梅，笔者集中了几乎所有的知识储备，努力去了解田得梅所从事的水电建设工作，以便追上她思维的跃动，捕捉她话语中时刻闪烁的智慧火花。

这次采访，让我感到一种如沐春风的畅快和由衷的佩服。那是什么呢？执着、热爱、专注、从容。那是一个青年人对事业的责任感，一个青年人对职业的荣誉感，一个青年人已经拥有的从容与达观，那是我们绝大多数人却还没来得及积累起来的精神财富。

这是田得梅的财富，同时也是她所代表的“90后”青年人身上应有的财富。

我们关注典型和先进，也是在更广泛意义上关注自己的立足点和人生追求的制高点。

采访结束回京的时候，小蒜沟的气温突然骤降到零下十几摄氏度，漫天大雪覆盖了这个人迹罕至的小山沟。

在告别田得梅的时候，看到她和刘敦义在雪地上挥别的身影，我脑海里突然冒出一个再普通不过的词汇：红梅傲雪，向阳而生。

# 后 记

这本书，在讲故事的同时，我不免兜售了一些鸡汤。

但这些鸡汤，不是我硬加上去的科技与狠活，而是从田得梅的人生经历点点滴滴熬出来的，应该叫精油。

看完田得梅的这些简单得不能再简单的故事，很多朋友一定会扪心自问：我们该怎么活出自己的样子？

这才是我写这本书的真正目的。

在引子中，我已经提到了一个问题，即我们应向田得梅学习什么？

学习田得梅的目的是什么呢？当然是学以致用。

那么，我们用在什么地方呢？当然是用在自己身上。

至于向田得梅学什么，我们应该做什么，其实我在行文过程中，已经潜移默化地说清楚了，您要是还不清楚，我帮您再捋一遍。

在引子中，我们问到一个问题，我们要向田得梅学习什么。田得梅获得“大国工匠年度人物”之前的人生不如我们大多数人，那么我们向田得梅学什么？我们普通人如何在这个世界上生存？怎么活成自己的样子？回答这些，才是田得梅作为典型的新意。

接下来，第一章便是寒梅向阳而生，大伯拍板让田得梅去技校读书，爷爷忍痛卖掉了家里的耕牛给她凑学费。一棵生在高原之地的梅花，想要活出自己的样子，就要向阳而生。长辈是指引方向的灯塔。

第三章守住自我本心和第四章熬过生活困苦，说的是人生的不容易。田得梅知道自己的肩膀上挑着责任、扛着家庭。艰苦生活的磨砺，让她在困境中倔强成长。心无旁骛的技术磨炼，专注于一事的人生修炼，让她和天车融为一体。

当然，有突如其来的幸福，也有猝不及防的婚姻，还有为丈夫掏耳朵的耳鬓厮磨，更有抓起菜刀飞向丈夫的恨铁不成钢。这些家庭的琐事，耳鬓厮磨和吵吵闹闹的小事，恰恰是必须呈现的细节。

当然，那些水电建设者作出的牺牲，则是田得梅必须熬过的人生困苦。

第二章中天下黄河贵德清的桥段，和第五章的长江之上白鹤滩，分别说到了中国的两条母亲河上的水电站。田得梅刚毕业就来到黄河上游的水电站，进入暗无天日的矿洞成为“空姐”。人生别无选择时，那根随手抓到的稻草，往往能够成为人生的光，成为命中注定的方向。后来，白鹤滩上的大国重器，经过田得梅的惊天一吊，挑战极限又举世瞩目！但田得梅带徒弟时拿着鸡蛋对徒弟说，鸡蛋从外边打破是压力，从内部打破是新生和成长。

到了第六章蓄势待发，我们回答了为什么“大国工匠年度人物”的荣誉称号会落在田得梅的头上？其实，这既有国家和个人的机遇，也有腰椎间盘突出和失眠的痛苦付出。荣誉的源头是努力和付出，荣誉之后是蓄势待发的新工作，也是她的人生现状。

作为先进典型，田得梅也许离我们很远；但作为普通劳动者，田得梅离我们很近。无论你想不想成为一个优秀的人，当你走近田得梅，当你跟她一起呼吸，当你和她作一次深入的交流，你就一定会被她的魅力所感染。

读完田得梅的人生故事，你就会很认真地对自己说：“我这一辈子是该干点什么了。”

最后，您肯定要问，田得梅的梦想是什么？我来告诉你吧。田得梅最大的梦想，就是在冬日的暖阳之下，趴在自家客厅的地板上懒洋洋地晒太阳！

田得梅说，这叫幸福！

对应上文章开头的向阳而生了吧？

丁一鹤

2025 年 1 月